AF409083

LUJÁN FRAIX

EL SILENCIOSO GRITO DE MANUELA

EDITORIAL DUNKEN

Buenos Aires

2017

Fraix, Luján
El silencioso grito de Manuela
1ª ed.-Ciudad Autónoma de Buenos Aires: Dunken, 2017
216 p. 21x15 cm.
I.S.B.N 978-987-763-054-1
1. Narrativa Argentina. 2. Novela. I Título.
CDD A863

Impreso por Editorial Dunken
Ayacucho 357 (C1025AAG)-Capital Federal
Tel/fax: 4954-7700/4954-7300
E-mail: info@dunken.com.ar
Hecho el depósito que prevé la ley 11.723
Impreso en Argentina
2017 Luján Fraix
e-mail: lujanfraix@hotmail.com
I.S.B.N 978-987-763-054-1

A mis padres que ya no están.
Gracias por todo lo que me dieron...
A ellos les debo lo que soy.

"El amor es un símbolo de eternidad.
Barre todo sentido del tiempo,
destruye todo recuerdo de un principio
y todo temor a un fin."

Madame de Staël

INTRODUCCIÓN

Maestra del autoengaño, Manuela vivió siempre a la sombra de los demás porque le resultaba fácil y cómodo. Su carácter esquivo y sus rasgos de niña la transformaban en una discípula de sus propios miedos. Entre paradojas no supo criar a sus hijas: Rocío murió cuando era pequeña, esa desaparición la marcó para siempre; Encarnación: enérgica, impulsiva e inadaptada en una sociedad prejuiciosa y teatral, falleció a los veintiún años dejando un hijo; Letizia: dócil, sensible, ajustada a las convenciones sociales y a los reclamos absurdos de los padres, nunca pudo crecer lo suficiente como para afrontar los avatares de un destino demasiado infausto.

En alguna letanía se dormían los sueños en un idioma lato que dilataba la llegada de las sentencias. No era equitativo ese camino hierático para quienes oraban por un poco más de oxígeno.

La familia se desdibujaba por la niebla ante un fracaso, porque vivían pensando en el futuro que los apuñalaba cual rival y los despertaba de algún letargo transitorio. No había enlace entre los tiempos y cada uno era artífice y víctima de su propia condena.

Manuela imaginaba violaciones, asesinatos y saqueos de conventos en un ambiente con pasajes huidizos que se llevaban la vida. El ritmo era vertiginoso y los arrastraba a todos al sacrificio con sus estampas bíblicas, entre retamas, narcisos y teas encendidas. El miedo procesaba las ideas con vigilancia; era el principio y el fin de los delirios.

La reveladora visión del mundo reprimía los impulsos de ser feliz. ¿Para qué?. Después vendrían los hechos con toda su magnitud a reírse con hipocresía de sus pobres almas. La resignación era la única vía de salvación.

Dios era el sostén que exaltaba los ruegos frente a los sentimientos piadosos, pero existía un sendero escrito de antemano por alguien que, desde la gloria, los iba a llevar a todos y cada uno a los extremos.

I

En la comunidad autónoma de Aragón, al norte de España, junto a los Pirineos, en la provincia de Huesca, se hallaba Barbastro, la capital de la comarca de Somontano, en una ciudad que guardaba tesoros en medio de las montañas. Cada calle pedregosa mostraba la tortuosa vida de los habitantes, entre anticuarios y artistas, que estaban dispuestos a fingir y a esconder sus retorcidas ideas.

En la iglesia de San Francisco, templo original del siglo XVI, se casaron en el año 1960, Manuela y Julián Costa Río en una ceremonia sobria y sin la presencia de demasiados familiares porque a ella no le interesaban los escenarios ni el glamour de los atuendos y menos la hipocresía que demostraban algunos que decían ser sus amigos. Podían concurrir a la boda viñadores, vendedores de madera, toneleros, posaderos y gente de alta sociedad; Manuela no los veía porque su preocupación no eran los intereses terrenales.

El edificio reproducía los portales propios de su folclore en los muros utilizando ladrillos rojos y en las galerías arquillos de medio punto que culminaban con un vértice o esquina original de la arquitectura histórica. Era una visión especial de siglos marcados por el genio y la sabiduría de grandes cultores del arte. La luz llegaba a una especie de antro donde los novios se entregaban a la gloria del campanario.

Manuela era una mujer sumisa y agradable, demasiado dadivosa y consagrada a los rezos como resultado de su estructurada educación religiosa. Julián se dedicaba al comercio de automóviles en un negocio que tenía ubicado frente al palacio de Argensola. Él era ambicioso y le gustaba demostrar más de lo que poseía pero puertas adentro porque envolvía con un velo su casa de picaporte herrumbrado para ocultar sus finos muebles, los trajes caros que nunca usaba y las joyas que le regalaba a Manuela. Ella no sabía ni quería lucirlas pero las admiraba acariciándolas dentro de la caja de música de su madre. Daba la imagen de una mujer poco elegante y tímida ocupada en reparar sus medias y remendar el guardarropa.

Los esposos eligieron la Costa del Sol para ir de luna de miel por sus características mediterráneas. La región se dividía en dos sectores: el occidental, desde Málaga hasta Estepona y el oriental, que se hallaba entre Málaga y Nerja. Existían kilómetros de playas y de vegetación exótica cerca de puerto Banús, de Marbella, de la Benlamádena o Torremolinos.

Justamente en ese año la Costa del Sol se había transformado en zona turística, con los mejores campos de golf de toda España.

Manuela y Julián recorrieron los Pueblos Blancos que se asentaban en las montañas o sobre las colinas con su típica arquitectura morisca.

En el restaurante La Reja cenaron: gazpacho, paella, frituras de pescado, jamones serranos, ternerita a la Sevillana… rodeados de un ambiente de maquillajes vivos por la emoción de la presencia de esos enamorados. Había quienes cantaban o bailaban sin esperar el aplauso como en una secuencia de cine mudo. Ambos concentraban el sentimiento en el goce de lo impredecible, con el lenguaje ajeno de malicia pero distante de la auténtica unión.

Ese viaje fue muy sugestivo e inolvidable para los dos aunque Manuela se descompensaba, a menudo, por el cansancio y el calor; es que era una persona débil que le gustaba sólo la tranquilidad de su hogar y allí, en ese reducido mundo de cuatro paredes, ella encontraba la paz y la felicidad. No necesitaba ir a buscarla afuera porque para Manuela era perder el tiempo; el vacío se profundizaba y la soledad interior interpretaba personajes dentro de su espejo. Ese hueco, impensado para muchos y no comprendido para otros, no se rellenaba con nada.

A Julián, algo soberbio, le fascinaban los itinerarios de leyenda cuando los caminos y las paredes amuralladas tenían historias escritas por algunos turistas guerreros que no sabían de la quietud de los fondos, sólo del frenesí de la conquista. La pasión y la curiosidad, a veces, lo desviaban de los placeres del amor.

Manuela y Julián no pensaban lo mismo pero se querían con un extraño disfrute de años acumulados, como viejecitos a media luz, sin estridencias pero con algunos mandatos que delineaba ese caballero con gobierno propio.

La casa en Barbastro los recibió abiertamente, después de la boda, con los canteros floridos y sus balcones de hierro forjado; el alero culminaba en un volado labrado en madera que combinaba piedras y tejas en esquinilla: un arte que había recibido la influencia catalana.

-¡Qué es esto!-dijo Julián enojado por los arreglos exteriores que delataban su fortuna. Reconoció que no era él, educado en un colegio para monjes y entregado después a una vida mundana, quien debía responder con improperios.

Las habitaciones olían a café suavizado con leche, bizcochos y sabaos o masas dulces como simulacros vivientes de un jolgorio pintado por una mano conocida. Los sillones estaban cubiertos con tafetanes y galones de oro que contrastaban con el albo ropaje de Manuela.

Francisca, la mamá de la novia, había preparado el recibimiento a su querida hija que para ella seguía siendo virgen y mártir. Su yerno no le agradaba demasiado pero eso ya no le importaba a nadie porque su niña seguiría siendo el bebé que ella había criado. La obediencia de Manuela era casi pueril porque necesitaba la calidez de paloma de Francisca más que del amor de Julián. Era como si el sexo no existiera, ni la pasión ni el deseo, tal vez solamente la necesidad de agradar a su esposo y ser aceptada porque así le habían enseñado sus padres. Ellos, según su hija, eran embajadores de las leyes y armaban su distrito carnavalesco desde tiempos remotos alrededor de Manuela, su única descendiente. Es que ella era lo más importante en la vida de cada uno, el ser que los convertía en egoístas y posesivos.

En las tardes de invierno, Manuela tejía ponchos de oveja o de llama para cubrir las camas y los sillares del living que adornaban la galería de los retratos con algunos bustos de mármol mientras la fachada de la residencia se caía a pedazos por la humedad sobre la vereda. Julián había heredado de su padre andaluz cierta rebeldía que le impedía adaptarse a los cánones de la época.

-Oye, tú, eres un tesoro. El misterio anida en el alma de tu cuerpo-le decía Julián cuando Manuela se hallaba distante y escuchando el rigor de las palabras de Pedro, su padre, que estaban guardadas en su memoria. Es que procuraba alejarse de la influencia arrebatadora de sus progenitores, pero, sin querer, caía en las redes porque no aceptaba que debía romper un poco ese vínculo para poder crecer.

Más tarde, tomaba su baño de lavanda y mandarina que alejaba el insomnio y las tensiones y se recostaba sobre la cama a esperar… como si fuera un ritual cadavérico de fuego y ceniza, de nieve y lava…

Su indiferencia quizá tenía un nombre: frigidez o era simplemente una reacción psicológica ocasionada por trastornos en la primera infancia; demasiada sobreprotección y el rigor de las estructuras en una educación basada en el silencio. De sexo no se hablaba porque era un tema rigurosamente privado. Aquellos hombres de vida austera y retirada eran cristianos y debían respetar las castas doctrinas.

"Para amar a alguien hay que conocerlo", dijo Fedor Dostoievsky en alguna de sus obras y eso Manuela lo cumplía con una devoción perfecta, aceptaba sus órdenes como la única manera de ofrecer su cariño y sus virtudes exentas de rencores, pero con

frialdad. Los dos eran felices y sus almas se fusionaban en una combinación exacta de rutinas, libertad y comidas.

Ella cocinaba muy bien y solía sorprender a Julián con tortas de lima, bifes con puré rústico de papas, panceta, puerro y filete de brótola empanado. Había demasiada pimienta en esos preparados que se contraponía al escaso deseo de Manuela que servía los platos mirando el piso o las hendiduras del cielo raso; los sabores de la vida tampoco le atraían porque a la hora de demostrar sus pasiones aparecían los ojos azules de niña o los rezongos. Su mirada hipnótica desconcertaba, por momentos, a Julián que sentía que el corazón se le aceleraba en el pecho porque no alcanzaba a entender el aturdimiento de Manuela y sus ceremoniales. En su rostro se pintaban el candor y la suavidad, la sonrisa pura y confiada, la sabiduría de la resignación…

Las hojas de palma de su altar improvisado eran un testimonio, tal vez un mensaje encubierto, que una mujer diligente trataba de ocultar; sus cruces y rosarios con esmaltes y perlas escandinavas aparecían tras los murmullos de palomas y los murciélagos de negro terciopelo con sus reclamos de discípulos.

¿Por qué Manuela se abandonaba a las eternas oraciones en su reducto de novicia con ventana de barrotes altos?.

Ella sabía que algo iba a ocurrir en su vida por eso acumulaba frascos con ungüentos balsámicos, redomas, tisanas y flores de peonía. Su inseguridad no era tal a la hora de escuchar los designios del Supremo que, tras el postigo, le hablaba con la voz de su padre Pedro y le decía:

-No juegues con el destino; el dolor da experiencia y te permite crecer. Acepta los mandatos sin cobardía porque existen acontecimientos inevitables.

Manuela, al oír esas palabras, se agitaba y escapaba con los síntomas propios del desvanecimiento para regresar a la sala con la garganta obstruida por la congoja y la infame llamarada del miedo; ella no podía explicar esas visiones que la atormentaban desde siempre cuando su piel lucía como nácar en los años juveniles y corría por los cañaverales y viñedos con cotorras en las manos. Sumida en un mar de dudas, conocía la fatiga y el descanso, aceptaba toda clase de límites y de condicionamientos: su deber era obedecer.

Ahora, fría como un vil asesino, parecía que se aligeraban las cosas y que el tiempo reaccionaba cediendo su paso al dolor de lo inesperado; la fobia y la indiferencia iban de la mano pues su cuerpo podía quemarse sin darse cuenta dando aletazos de polluelo.

-¡Tú qué tienes!-le decía Julián sin dejar de leer el diario.

-Nada... Te prepararé un postre con trozos de naranja en almíbar acompañado con una taza de té.

Manuela prendía la lámpara de la cocina y, mientras preparaba el menú, escondía sus estampas tras un cristal para que ellas miraran sus movimientos y perdonaran su desconfianza. Su espíritu no era rebelde sino enfermo de apatía y desinterés.

Julián, de mejor oído que Manuela, ya estaba cansado. En un determinado momento, se incorporó lentamente. En la sala, el sonido de su andar cauteloso al rozar los muebles se mezclaba con el murmullo de las oraciones de su esposa. Él la vio rezar mientras batía las yemas y gritó:

-¡Basta ya, mujer!

Al año y medio de la boda, nació Rocío. Manuela era casi una torpe criatura con la beba en brazos; la abrazaba de tal manera que parecía que quería utilizar sus propios huesos para darle vigor a la niña, todavía frágil; sin embargo, Rocío gozaba de una extraordinaria belleza tan transparente como mágica. Una sola candela bastaba para iluminar el cuarto porque existía demasiado esplendor en torno a la recién nacida.

Manuela quería refugiarse con Rocío en su propio mundo de sentencias y de revelaciones porque su miedo iba en aumento y convocaba a sus fantasmas interiores que aleteaban como aves espectadoras de algún probable exterminio. Dar la vida a un hijo era despojarse de egoísmo y de ambiciones pero, para ella, era cargar con la tortuosa impunidad de los temores.

Julián no se quejaba porque la obsesión por el trabajo despertaba todas sus inquietudes; sin embargo, amaba a Rocío más que a sí mismo. Ambos desde los espacios profundos y lúcidos trasladaban sus propios vacíos a la crianza de esa hija tan esperada que les había cambiado la manera de ver las cosas. Rocío, rubia y nítida, era una criatura normal que veía a sus padres como personajes juguetones, tal vez títeres, de una fiesta de disfraces, pero también observaba a Manuela correr con estampas y rosarios cuando se retiraba a su templo donde la esperaba la contratara de la libertad. Allí su mirada se conectaba con los poderes en una atmósfera de conciencia habitada por un prisma energético que violentaba sus descarnados pensamientos.

Manuela se reflejaba en la entraña de la inmediatez para detener el tiempo. Dios era su tabla de salvación; el único que calmaba la incertidumbre y el deseo de llorar sin razón, el puente que sostenía su cuerpo mientras transitaba la vida que le tocaba como un regalo o como un castigo. No sabía cómo saltar el muro y aventajar a esos temblores que, sin prudencia, intentaban debilitar sus músculos.

-¡Manuela ven acá que Rocío está molesta!-gritaba Francisca en los patios interiores porque sabía que su hija se había escapado para abordar ardorosamente los límites de la realidad.

Ella parecía haber perdido el rumbo sensorial y afectivo, pero cuando escuchaba que a Rocío le pasaba algo corría a abrazarla y la ahogaba con piadosas lágrimas, desde el frío de sus heridas, a través de la fe que, como destino, le imponía su propio yo. A la niña la veía frágil y desvanecida entre los cobertores como un angelito sin fuerzas para respirar.

Julián no se daba cuenta; conocía a Manuela y su rara sobriedad. La amaba por su entrega incondicional sin reclamos y por la manera inocente de mirar las cosas que para él resultaban ser eternos conflictos: el dinero, la ambición, el fracaso… El futuro era un desafío que se construía en el presente con valores y con estructuras sólidas; no debía esperar sus dictámenes sino que había que enfrentarlo para poder vencer sus artimañas de gobernante. Tenía que seguir el camino de las ideas con su condición de hombre humilde y guerrero para inventar momentos bellos y aceptar la burla de lo insospechado.

Manuela, jugando a ser madre, tuvo a Letizia una tarde lluviosa de verano. Su dramatismo exacerbado contrastaba con la festiva sonrisa de sus padres y de Julián que estaba fuera de control. Ya nada era tan importante como sus hijas que lo distanciaban de todo egoísmo, de la vanidad que sólo lo frívolo puede alimentar como fuente propia. Él se nutría de esas criaturas indefensas para valorar la vida que, anteriormente, había sido tan ajena a las auténticas verdades. La obra de sus manos eran sus afectos, esos seres mínimos que apelaban a miradas tiernas para atrapar su alma. Hubiera dado todo por sus hijas porque ahora sabía que ser padre lo había liberado para poder desarrollar a pleno ese destino que quería construir desde el hoy.

Letizia en su canastilla de mimbre con ruedas de madera estaba dormida entre los encajes y puntillas de raso. Francisca, su abuela, había bordado corazones en punto vapor creando un juego de diversos redondeles perforados con festones y una lluvia de hojas. La mantita con puntillas valencianas la envolvía con un arrullo de mamá dulce mientras Rocío escapaba tras la gata Máxima en dirección a la cocina en busca de los helados. La niña de ojos color del cielo estaba celosa y castigaba a la mascota que huía al jardín para regresar al anochecer cargada de grillos. Rocío pensaba que tendría que inventar alguna travesura para llamar la atención, algo fuerte que les llegara al corazón, pues veía a sus padres demasiado azucarados con esa hermana menor que ella no quería.

A Manuela el miedo, todavía latente, le impedía crecer a pesar de haber dado a luz a dos hijas; entrecerraba los ojos a una realidad que no tenía fórmulas para ser feliz. Cualquier humano se hubiera conmovido ante la bendición de un hogar tan bien constituido, pero ella no entendía de lujos ni de gratitudes porque no era fácil comprender el desgaste psicológico que le producía vivir alerta a una posible, y tal vez inexistente, desgracia.

-Toda elección implica una renuncia-decía porque creía saber mucho sobre el hueco que dejan las ausencias y de los silenciosos que podrían llegar a ser sus gritos.

Algo extremadamente inexplicable la dejaría sola y transformada: más triste, más miedosa, atrapada en los credos, servidora de alguien superior que movía los hilos... Ninguno dudaba de su capacidad para agradar porque quería que los demás fueran felices y se olvidaba de ella, de sus duelos constantes, y de la mano que necesitaba para no debilitarse aún más.

-Un traje usado jamás se desluce-decía mientras remendaba las medias antiguas que su prima Teresa le había regalado.

Ese presente armado por Julián era la raíz, el principio y el fin, ¿la continuidad...?. Manuela era sinónimo de desgarro y de horas de espera en un living centenario donde todos reían, jugaban y vivían...

-El mal pertenece a la tragedia humana-decía nuevamente como al descuido sin que nadie prestara atención a las palabras.

A las doce de la noche partía a la iglesia de San Francisco para orar en soledad, a la deriva de las sombras y entre los rumores noctámbulos de las ánimas que se sentían jóvenes en los corredores inhóspitos y bajo los faroles de puerto. A Manuela de nada le servía practicar sus ritos porque el capítulo ya estaba cerrado a un mañana incierto que podía ver más allá de su estado febril; lo sabía desde niña por eso se negaba a crecer. Demasiados códigos resueltos la enfrentaban a un inicio donde el desenlace se contraponía y alteraba los órdenes. El sexo, la separación, la infancia, un epígrafe, el cielo, su historia… eran símbolos que su mente guardaba para los sueños cuando despertaba a los gritos en medio de las noches de lluvia mientras la gata Máxima lloraba a sus pies.

Demasiadas cortinas de humo la tenían de espectadora frente al artificio de las máscaras. Manuela, la niña, en un tablón de andamio estaba por caer frente al tiempo y su crueldad, pisoteada por la injusticia, por el espanto y la impotencia. Julián no podía contenerla porque miraba solamente a sus hijas; Manuela, ni grande ni pequeña, seguía siendo la misma víctima de algún cazador al acecho que, inservible e idiota, no podía atraparla del todo. Él prefería su estado somnoliento de mucama que esperaba órdenes; una metamorfosis de su persona lo hubiera descolocado porque ya estaba acostumbrado a la simpleza de sus incongruencias.

Manuela junto a Rocío y a Letizia parecía una muñeca de cera en la fotografía que Julián les tomó sentadas en la plaza de Barbastro en el año 1966: una obra entre el espacio real y las décadas por venir.

II

A principios del año 1967, Rocío se enfermó. Manuela con la niña en brazos corrió desesperada por las calles de la ciudad en busca del médico. Julián permanecía en su trabajo ajeno a la circunstancias, sin imaginar siquiera que su hija estaba mal. A Manuela le brillaban los ojos por las lágrimas acumuladas y no entendía razones. En la clínica de Barbastro le dijeron que Rocío sufría un derrame pleural con intensa dificultad respiratoria; tenían que dar con el diagnóstico definitivo para aplicarle un tratamiento apropiado. Podía ser una infección o una hemorragia; los medicamentos citostáticos eran más efectivos que otros.

-¡No puede ser!-gritó Manuela a las enfermeras. ¡No ven que la niña se muere!.

A Rocío la dejaron internada en el sanatorio Huelva para aplicarle un tratamiento con antibióticos y un drenaje quirúrgico.

Manuela, acompañada por su madre, se quedó junto a la cama con un rosario de nácar en las manos. No estaba en condiciones de tomar decisiones porque no tenía la capacidad suficiente para hacerlo; siempre vivió protegida por sus padres y luego por Julián en un mundo donde todos hacían las cosas por ella. Nunca tuvo que elegir porque los demás se dedicaban a esa tarea. Manuela sólo se dejaba influir sin detenerse a pensar qué era

23

lo que en realidad le gustaba: una forma cómoda de no asumir responsabilidades.

Ahora esperaba a Julián para que salvara a su hija. Él llegó al atardecer agobiado por la noticia y con la certeza de que la mejoría no se haría esperar. Julián clamaba por definiciones, hablaba con los médicos, discutía… mientras Manuela, desde la habitación en penumbras, deliraba porque sabía que estaba dicha la última palabra.

¿Podría ella cambiar un destino escrito de sometimiento a las leyes?

La verdad se desdibujaba y era una carga que esperaba agazapada el momento de salir a la luz. La fatalidad daba vueltas entre la ignorancia que la llevaba a un solo fin. Manuela quería exiliarse en la mentira y en la ficción porque esa realidad acababa con su escasa capacidad para la lucha. Prefería entregarse a las humillaciones y al descontrol de los sufrimientos porque ya estaba acostumbrada a suplicar para abrirse paso.

Manuela Costa Río se retiró como un fantasma enmohecido del sanatorio Huelva sin ser vista por nadie; se fue a la casa a cuidar a Letizia que se encontraba con su padre.

El abuelo, ajeno a las circunstancias, estaba tomando un vaso de vino que él mismo guardaba en un tonel de roble. Manuela se acercó despacio, se arrodilló y colocó la cabeza sobre sus rodillas.

-¿Hija, qué pasa?

-Rocío está grave.-alcanzó a decir y se bebió el vino de la copa de su padre, luego corrió a su refugio de nervaduras vivientes, hongos enteógenos, cactáceas y semillas.

-Cuida a Letizia.-le gritó.

Allí, entre las esencias chamánicas, Manuela buscaba la capacidad consciente de unificación entre lo material y lo espiritual para lograr un estado de salud mental superior, sin sacrificios. Ella quería desconectarse de la realidad, eliminando la línea del tiempo terrena. En esos niveles arcaicos íntimos encontrar la mejor manera de enfrentarse a ese futuro que caminaba delante de ella guiando sus pasos. No quería correr riesgos porque no aceptaba las alternativas; en el fondo sabía que las cosas eran blancas o negras y que los destellos de luz aparecían sin esperarlos como antídotos para enfrentar la adversidad.

Julián regresó a la casa después de dos horas y dijo que Rocío estaba mucho mejor aunque había desdicha en su rostro como quien se halla de vuelta de la vida; era un hombre al que le habían quitado los recuerdos: vacío, estéril, debilitado igual que Manuela.

Rocío los convertía en padres endebles; ella con su dulzura de princesa los destruía de a poco sin imaginarlo y ponía la historia en su lugar.

Ambos tomaron un café mientras miraban por la ventana, en silencio, y luego tras un llamado de teléfono salieron corriendo…

Mausoleos de mármol negro en la avenida de la necrópolis parecían diminutas iglesias cubiertas con cúpulas y vitrales. Rocío ya era un ángel vestido de una manera lujosa, guardada en un ataúd blanco y llevada a paso lento por un carruaje tirado por mulas.

Manuela ocultaba su historia bajo la capelina y sentía a través de las sedas de su traje las paradojas y los temblores de los cuerpos descansando bajo el cielo, en el jardín de una eternidad que mendigaba la claridad, la dicha imperfecta pero necesaria, otra oportunidad. Ella percibía una soledad crónica bajo sus huesos sin voluntad; lejos de ganar la guerra era una víctima que sabía de antemano el desenlace, por eso no podía culpar a nadie.

Las personas en el cementerio se alejaban de Manuela porque la veían tan muerta como su hija.

"Tu alma se encontrará triste entre los oscuros pensamientos de la lápida gris".

Edgar A. Poe

En la casa, el retrato de Rocío con crespones de luto era un estandarte de cripta que abrigaba melancolía y llevaba décadas de palabras bíblicas. Con esas vocales seguramente volaban las mariposas y saltaban los grillos de la gata Máxima como tributo a quien los despertaba de su retiro.

-Dios habla a través de los seres vivos-dijo Manuela extraviada después de retorcer en sus brazos a la gata que parecía un bebé en un cuerpo felino.

Julián, con barba de una semana, estaba entregado; sentía frío y su cara se transformaba cada vez que recordaba a Rocío. Era tan profundo el vacío que no tenía curvas y absorbía despacio la sangre para dejar secas las venas en una ceremonia con imágenes de espíritus aéreos.

-Somos tres pero pronto seremos cuatro-dijo Manuela.

La escena se inmovilizó a la luz de alguna candela y en la sombra el rostro de Julián se puso más pálido ante la confirmación de Manuela. La vio nuevamente embarazada con los ojos cerrados y un ramo de rosas negras en las manos. Se quedó inmóvil al amparo de la penumbra con la visión del cuerpecito de Rocío indefenso y solitario junto al hielo casi amoratado de los hierros.

La luna y sus estrellas hacían esfuerzos inverosímiles para penetrar por las hendiduras de la casona que parecía un carro viejo anclado en medio del camino. Julián veía por las galerías a monjas que se santiguaban y recogían los huesos de muertos ancestrales, sus rizomas, los jarabes, las mortajas, los cirios… Entre los líquenes, aparecía la gata Máxima cubierta de grillos que se recostaba porque estaba agotada de huir de la persecución de Rocío. ¡Misteriosas preguntas!

Manuela lloraba por los rincones con la criatura en brazos y se sentía inútil para criar a Letizia porque tenía más miedo que antes; era una mujer casta y permanecía, por su propia voluntad, ajena a las miserias de los humanos; sin embargo, Dios se empeñaba en reclamar lo que era suyo. Ella no estaba enojada con el Supremo; lo amaba más que nunca.

-No me interesa ser santa, quiero ser digna del cielo-repetía.

Manuela recibía toda la carga de la ausencia de Rocío porque era su madre y a pesar de no tener edad sabía muy bien lo que significaba estar en peligro. Ese juez, cansado de tantos veredictos, le había confirmado sus sospechas y ahora era tarde para preparar tisanas, llenar los cántaros, recoger las flores de peonía… Odiaba el latido del reloj y las visitas a destiempo porque quería estar sola y aislada de la sociedad para sangrar por las heridas con el dolor que sólo una madre puede sentir. Cuando se dormía veía la muerte que se escondía en su cuerpo como un reptil y a la mañana la pesadilla de vivir sin la niña la hacía reaccionar nuevamente.

-¡No puede ser!-decía abrazada a la almohada en el cuarto silente cuyas paredes vigilantes guardaban sus secretos.

Los años anteriores le parecían superficiales porque nunca antes había sentido los destellos de la felicidad de estar cerca del ser amado, de extrañar su presencia, de languidecer ante unos ojos oceánicos que decían más de lo que una pequeña hija podía expresar con todas las palabras. La soberbia de la injusticia no imaginaba cómo despedazaba un corazón con cada momento; Manuela, herrumbrada, cobarde, quería ser cruel porque se consideraba desigual ante la maldad de ese destino, pero no era valiente como Dios se lo pedía en los sueños fragmentados. Su voz era dulce y recogida, sus gestos llanos; existía la nobleza del dolor en la santidad de una mujer que no había manchado su espíritu con los pecados terrenales.

Una mañana de junio llegó a sus vidas despojadas de alegría una beba hermosa a quien llamaron Encarnación. Manuela, tras la luz apacible de las teas, pudo decir:

-No existe algo más intransferible que los deseos ocultos.

Encarnación en su cuna con un plumón rosado era igual a Rocío, rubia y transparente. Parecía que había vuelto aquel ángel a recoger sus juguetes, a leer las letanías de la Virgen, a esconder los vestidos de luto…

Era domingo y Julián, sin entender lo que pasaba, parecía aturdido; no podía concentrar sus pensamientos porque su perplejidad se desbordaba por su cuerpo. En la víspera había recordado a Rocío más que nunca en la cama con los ojos cerrados; la veía corriendo mariposas entre los helechos salvajes, con sus rulos al viento, entre los gavilanes y las retamas. Ahora ella parecía resucitar entre las sábanas de batista con la lluvia de oro sobre su cabeza.

Manuela miraba el lento caminar de su esposo por la habitación desde su lecho. Él no quería ver a la niña porque solamente el llanto le quitaba fuerzas, pero sabía que debía seguir adelante aunque su corazón estuviera observando el pasado desvencijado por la irreparable pérdida.

Encarnación era gruñona y desacomodaba su cama todo el tiempo. Manuela la llenaba de crucifijos y llamaba al médico y al párroco de la iglesia de San Francisco día por medio.

Letizia, de cuatro años, acomodaba el cobertor cada vez que Encarnación, con sus tonterías, desbarataba la cuna, acababa con la paciencia de sus padres y con el mutismo de capilla de la casa centenaria.

Encarnación había traído el desorden y el consuelo a esas personas desbarrancadas por las tormentas cuando la noche parecía una solterona eterna y huérfana.

La palabra "madre" volvía a pronunciarse con la alegría cautelosa de Manuela que seguía siendo hija entre los escalones degradados por los musgos, con Letizia corriendo a su alrededor y la gata Máxima recostada sobre su cuerpo. Ella era una mujer insignificante que creía en la niñez como refugio y en la vida de los recuerdos. Nunca tuvo responsabilidades; eso, justamente, le daba seguridad porque sabía que jamás estaría sola.

"No deberíamos amar tanto a quienes, por las leyes de Dios, se irán primero, pero cómo hacer para no querer…", pensó con melancolía y cierto temor latente ante lo impredecible.

Julián venía a su encuentro con Encarnación en los brazos que se agitaba con intenciones de empezar a caminar. Él la amaba sin condiciones porque la criatura era su mitad, la parte verdadera de su yo, el recuerdo desordenado de Rocío y el añoso rostro de sus penas. Tenía su mismo carácter: rebelde, omnipotente, encendido… y lo llamaba con balbuceos sin reparar en su madre.

Manuela, con un jarro en las manos, desaliñada y torpe, los miraba como quien ve un espacio de niebla detrás de un árbol caído. La soledad de su alma cambiaba cuando su mente, arbitraria, le acercaba visiones de un ayer penoso, entonces se refugiaba con su angustia y se entregaba al aroma del romero, de la salvia y del tilo con los ojos enrojecidos y los bolsillos repletos de amuletos.

-Dios se ha dormido porque no entiendo su lenguaje-dijo mientras recogía tulipanes para honrar el retrato de Rocío.

Esa imagen no envejecía ni con la contemplación del dolor ni de la dicha; sería, por siempre, una cicatriz indeleble enferma de lloviznas y de estíos con las flores y el aire de campo en los cabellos.

Todos y cada uno, a lo largo de los años, la mirarían al pasar como quien contempla algo sagrado, desvanecido por su belleza en la fotografía.

El altar se erigía en el comedor donde reinaba su alma, allí viviría su eternidad. Manuela colocaba los tulipanes diariamente; no abandonaba los lamentos y las oraciones porque la salvaban de la culpa y de la frialdad del retrato. Ella veía la realidad a través de las palabras del Señor y nada le parecía injusto si venía de su voluntad, pero el tiempo arrugaba los anhelos y ensamblaba olvido y memoria, furia y llanto.

Encarnación y Letizia, cuidadosamente protegidas, parecían niñas devoradas por las rejas de una prisión augusta. Ni Julián ni Manuela las dejaban solas ya que eran vigiladas todo el tiempo por empleadas domésticas, Francisca y Pedro, los vecinos y hasta los habitantes de Barbastro.

Letizia era una alumna sobresaliente, callada y sumisa; a cualquier gesto, reto o mala nota lloraba y se cobijaba íntimamente entre la cabellera para ocultar su rostro abatido. Se había educado en un hogar destrozado por la ausencia de su hermana y por el temor de una madre fulminada por las circunstancias que, frente a la realidad, reaccionaba con impotencia e inmadurez.

Ella había heredado el lado oscuro de Manuela y su preocupación por sobrevivir con la soledad de su alma que vociferaba con toda la voz. Entre los muros de su patio, Letizia criaba gatos y conejos que se llevaban mal con Encarnación que los despertaba cuando estaban dormidos y los obligaba a permanecer inmóviles con las patas en alto.

-Deja los bichos, vamos a jugar…

-No…, vete-decía Letizia y se recluía en el cuarto con un acolchado de terciopelo colorado y repleto de muñecas y de objetos extraños que su padre le regalaba para suplir un poco ese vacío que la niña manifestaba con sus llantos y enfermedades psicosomáticas.

Se entrecruzaban los caminos con melancolía, desamparo, muerte y terror a lo desconocido. Dos hermanas que no podían estar juntas, una madre religiosa con los escrúpulos a flor de piel y un padre que todo lo daba para compensar las faltas.

"¿De quién tengo que cuidarme?", se preguntaba a menudo Letizia porque no entendía tantas recomendaciones, la obligación de llevar un crucifijo, de regresar con el sol de la tarde, de no hablar con nadie… La infancia y su juego la estaban ahogando porque era muy sensible y su pobreza interior se parecía a la de una novicia a punto de tomar los hábitos. Era piadosa ante los necesitados, fiel a Dios, obligatoriamente temerosa y enfermiza.

-Letizia, amor, reza por mí un rosario entero-le decía Manuela cuando tenía que salir a buscar Encarnación que se había escapado tras saltar el murallón de los jardines. La niña huía por los baldíos con una muñeca despedazada en las manos y su deseo de libertad se manifestaba con esa rebeldía que se burlaba de la uniformidad de Manuela.

Rubia como un sol, Encarnación le pegaba cachetazos a su madre que la traía de regreso a la casa arrastrando las piernas en las baldosas de cemento mientras Letizia trataba de empequeñecerse y de pasar inadvertida. Ambas no soportaban la custodia de Manuela pero se rebelaban de manera diferente porque debían aprender a crecer solas; el vuelo indefinido de quien las había criado con tantos cuidados las desorientaba. Una se volvía feroz contra ella y la otra se entregaba a sus acertijos, dilemas y paradojas con la convicción casi febril de huir en el momento que nadie se diera cuenta.

Encarnación y Letizia en eso sí estaban de acuerdo; las dos querían escapar de la protesta infantil de Manuela, de su amor posesivo, del maltrato psicológico, de sus predicciones sobre un futuro desgraciado…

En el verano de 1970 fueron de vacaciones a Ávila, la ciudad amurallada en la que vivió y murió Santa Teresa de Jesús y Madrigal de las Altas Torres, localidad de esa provincia que vio nacer a la reina Isabel "La Católica".

La capilla era el lugar más concurrido por los peregrinos. Un retablo barroco que guardaba testimonios de su vida y una escultura de quien creció como Teresa Cepeda, hija de un judío converso que comerciaba telas.

Julián y Manuela eran devotos de la imagen y llevaron a sus hijas para que pudieran conocer, de cerca, la maravillosa historia. Ellos intentaban crear un espacio a la virtud para que no hubiera rebeliones pero las niñas eran diferentes; aunque existiera una idea inicial después se malograba. La manera de entretenerse y de sentir, la comunicación, el compartir momentos, los sueños… no eran posibles sin un respeto, sin entender los objetivos de cada uno… La distancia era mayor porque el vínculo era remarcado por la autoridad de Julián y eso provocaba rechazo, especialmente con Encarnación a quien no le importaban las reglas de educación.

-¡Siempre es mejor volver temprano!-decía con el deseo de regresar a casa porque el paseo la aburría muchísimo. Prefería ver el florero con tulipanes junto al retrato de Rocío, escuchar el llanto de Manuela y merodear entre los conejos. En otro lugar habría una forma más útil de ver la vida, ser una máquina de olvido y poder refugiarse en un sitio menos complejo, libre, sin nudos…

Letizia volvió al colegio a estudiar religiosamente y Encarnación a romper tizas, libros y cuadernos. Ninguna de las dos podía ser rescatada, eran como el día y la noche.

Letizia, en su adolescencia, sufrió el acoso de su hermana menor hasta el cansancio. Manuela las obligaba a ir juntas a todos lados como parte de ese vertiginoso mundo de contradicciones y de miedos. Julián les entregaba su vida y el dinero que derrochaban a manos llenas. Eran jóvenes de alta sociedad y debían comportarse como tal porque estaban demasiado expuestas a la contemplación indiscreta de los demás. Debían salir de la presión de las miradas pero ¿cómo poder transformar las exigencias internas para que las externas no les complicaran la vida?

Manuela ignoraba el problema y subía la carga negativa al entorno, entonces en el caso de Letizia sus fuerzas se debilitaban a tal punto que a veces se olvidaba de sus obligaciones escolares; estaba siempre enferma tomando té de tilo, manzanilla y boldo que Manuela le llevaba a su cuarto cada media hora. Una manera errónea de tratar de solucionar los problemas.

Letizia no sabía expresar las emociones y eso le ocasionaba dolencias que desembocaban en una soledad testigo de la necesidad vital de tener experiencias propias de su edad. Ya había afrontado la adversidad junto con sus padres, ahora debía trabajar sus aspectos internos para tener una visión mucho más clara de las situaciones; esto, seguramente, si era tratado modificaría sus sistema inmunológico y alejaría los males físicos.

Sin embargo, a los quince años tuvieron que operarla por un problema que quedó puertas adentro. Fue trasladada desde Barbastro a Italia para la cirugía que, según los facultativos, era demasiado compleja.

Letizia se recuperó rápido porque esos nuevos aires la alejaron del control de su madre. Julián, quien la acompañó en el viaje, superó las expectativas pues se comportó como un padre contenedor que arrojó luz sobre los oscuros pensamientos de su hija, de la sociedad morbosa y de su círculo familiar. Sumergida en la medianía de una ciudad diferente, Letizia parecía haber crecido por esa experiencia triste que el destino le impuso sin estar preparada.

Manuela hablaba poco del tema pero dirigía su mirada a Encarnación que le alteraba los ánimos con su alboroto. Sus pupilas dilatadas hacían de esos ojos un abismo tan impenetrable como su alma abandonada al castigo de los miedos. Ella seguía siendo una criatura que sufría el desamparo de la muerte en conexión con la supervivencia. La Inquisición habitaba su vieja casona y quería devastar su futuro incierto.

Mientras cocinaba los buñuelos de acelga empapada con sus lágrimas, las hornallas se apagaban… Las horas transcurrían en monosílabos completos hasta la noche cuando, sentada frente al retrato de Rocío, oraba con el rosario de perlas en las manos. Existía tanta nada a su alrededor, simplezas y lujos, la incapacidad completa… A Manuela le parecía escuchar los grillos de la gata Máxima, las chicharras en los veranos de su infancia, los zorzales de los cuentos… Sentía el desapego del amor que se alejaba hacia un fin esperado y vivido de antemano.

Esa noche, Manuela no pudo descansar. Se recostó en la cama con la memoria desganada y miró los tirantes de madera, donde alguna araña había petrificado los cristales de la lámpara. Ella sabía que Letizia estaba por regresar porque el miedo, con sus vahos, se había colado por los pliegues de los herrajes, en los muros y en la crueldad de los sonidos noctámbulos. Cada día le recordaba una próxima separación.

Permaneció sentada bajo la montaña de escombros, ceñida a su esqueleto y emitiendo juicios como si eligiera las muertes con sus víctimas. El miedo era su verdad y la quebrantaba igual que si estuviera esperando un invierno más crudo, más anciano, pero endiablado por su furia. Manuela podía adivinar los pasos del futuro, la luz al final y el carrusel; muchos secretos aún no develados pero latentes.

¿Algún día terminaría la tortura de ser mártir?

El escalofrío de su cuerpo le decía que nadie volvería a pisar la tierra y se congelarían las tumbas de tanta indiferencia.

Manuela percibía que algo la derribaba frente a Dios. Ella lo amaba humildemente como su sierva pero no podía asumir las pérdidas; decía que allá, en el paraíso, estaría mejor pero en el fondo deseaba ser inmortal. El hecho de que algún día dejara la faz del mundo era un tema difícil e inaceptable cargado de interrogantes que se fracturaba con las oraciones y le mostraba un edén posible. Exponía los salmos que le resultaban inconclusos porque no alcanzaban para suplir el desorden existencial en el que se hallaba perdida.

El miedo era tan fuerte que la paralizaba porque ya no podía dignificar los santos credos, aunque, a veces, la rescataban de la insensatez y aclaraban la desidia de su memoria.

III

Después de terminar el colegio secundario a destiempo por la enfermedad, Letizia se enamoró de José Rodríguez.

Ella necesitaba volar de la persecución de Manuela pero ese amor le trajo más problemas y el acoso injustificado de una madre que no sabía simplificar las cosas.

-Morirás en esta prisión-decía Manuela desconsolada porque perdía el control de sus nervios y descuidaba a Encarnación que ya no estaba en cautiverio porque había conocido a alguien que iluminaba su torpeza de adolescente contradictoria.

Un paredón se elevaba entre las hermanas que se ahogaban…, una en la fe de Dios, otra en las pasiones terrenales.

Julián estudiaba a los candidatos que jugaban a conquistar; taimados, ignorantes, crueles o bondadosos eran observados como animales de presa con miedo o lástima.

En ese palacio de salas hexagonales, parecían hombres de piedra con todas las presiones de las dinastías. ¿Por qué tanto sacrificio? No había tiempo para enmendar errores porque estaban expuestos hasta sus pensamientos. Las bayonetas de Julián destrozaban la piel de esos hombres que no abandonaban la espada.

Letizia les servía jerez a cada uno y se sentaba a esperar respuestas, pero sólo hallaba miradas desgastadas y vigilantes. Manuela surgía desde las ignominias del castigo para pecar de soberbia aunque todos se daban cuenta de sus limitaciones.

La vida estaba cambiando con las generaciones pero el oprobio de los días se volvía crónico y definido por las distancias que se acortaban.

Para Manuela lo inasible era perder, entre lo real y lo imposible estaba la fobia escrita con la palabra "adiós", el sermón entre sus labios apretados, la espera, el perdón como la única manera de salvarse.

Letizia salía, a menudo, con su novio agricultor; Encarnación la acompañaba, por pedido de Manuela, después ya no quiso soportar el tedio que le causaban esos dos enamorados. Ella también escribía su historia con desenfreno, entusiasmo, sin tanta magia porque sus pies estaban en la tierra.

-¡Ya no necesito tener coraje, soy valiente, tengo poder cuando todos se debilitan, sé reconocer el vértigo de la libertad y de la transgresión, no vivo en el pasado aunque esté entre cuatro paredes!-decía Encarnación a los gritos frente a un desmantelado espejo en el ala derecha del caserón de su abuela Francisca.

-Niña, calla, deja esa pantomima y compórtate como una señorita.

-Como una señorita boba, dirás.

-Eres una niña bien educada y debes demostrarlo…

-¡Soy una mujer!

A la abuela le resultaba imposible intimar con ella porque cercenaba cada uno de sus consejos con su forma de ver la realidad: un presente que sus padres querían imponerle a fuerza de presiones y de amenazas.

Alejandro Roca la venía a buscar en su auto para llevarla a dar unas vueltas por la ciudad. Encarnación estaba fascinada con la personalidad de ese hombre que la trataba como si ella fuera una princesa agitada y sin control. Intentaba, por momentos, quedarse quieta, no hablar, y frenar esa vehemencia como si fuera un juego de infantes. Encarnación, acalorada, se rendía ante los encantos de ese hombre que le daba un lugar de mujer que nadie le otorgaba por ser la menor de la familia.

Mientras tanto el amor de Letizia por José iba creciendo lentamente entre los malvones y las madreselvas, con los conejos y los gatos y bajo su piel de efigie modelada por un Dios crucificado. Las sensaciones iban desapareciendo con el correr de los meses, sin conjeturas, con la paz de un alma diligente que no sabía de egoísmos y que continuaba con vergüenza o cobardía los designios de sus padres.

Ella seguía con sus remilgos de virgen las órdenes de Manuela que como buena cristiana le enseñaba las reglas y la importancia de ser "una señorita", pero su anatomía quería rebelarse ante la ternura de José que la perturbaba por completo. A Letizia le gustaban los hombres niños, indefensos y carentes de afecto que despertaban en su alma sus más inaudibles suspiros. Sin embargo, sabía muy bien controlar sus impulsos y esperar el momento adecuado para abandonar la castidad sin enterrarse en la culpa. La sabiduría del cuerpo le decía que el alma podía amar a todos y cada uno de los seres terrenales que eran objeto de su merecida pasión. Tiempo era lo que sobraba para cavilar sobre el futuro que Manuela, por los diálogos fantasmagóricos, ya conocía.

-Encarnación es un diablillo-decía la abuela con la vista fija y desconcertada.

-Déjala, está jugando… o acaso se halla enferma-dijo Manuela sobresaltada por el comentario de la madre que no entendía de diferencias generacionales.

-¡No, mujer!-respondió en un grito-Vigila a esa criatura más que a Letizia porque te va a dar una sorpresa.

Manuela no pensó en nada sólo rezó una plegaria a la Virgen con un gesto retorcido de servidora de la Biblia como si el mundo empezara y terminara en los salmos.

De nada servían las misas y confesiones porque absolutamente todo se había desbarrancado, aunque Letizia seguía amarrada a una soga con poco hilado que, tal vez, pronto terminaría rompiéndose por el miedo asfixiante de Manuela.

Julián compraba coches último modelo para agasajar a sus hijas mientras trataba de adivinar un futuro detrás de las cortinas tejidas al crochet, pero sólo lograba aturdirse con su propia ambición sin alcanzar a ver que aparecían sombras furtivas, irreconocibles, sospechosas, que luego dejaban un hueco que, en la ventolina, parecían un tenue cachetazo.

Letizia y Encarnación, como reinas con sus vasallos, eran la clave para entender el porqué de los misterios que perturbaban la casona; la huída hacia lugares remotos con la convicción de llevar el cuerpo y el alma unidos era la solución y la necesidad. ¿Sabían dónde se hallaba ese sitio alumbrado por las teas o era simplemente la resignación de entender que si escapaban existía la separación?

No debían demostrar temor ante Manuela porque con ello avivaban su pesimismo, pero estaban cansadas de vivir a la sombra de los otros.

Letizia, de todas maneras, rezaba para ocultar las conspiraciones, las demoras y los titubeos. Cuando miraba el retrato de Rocío, los nubarrones aclaraban el firmamento y las ideas volvían a un lugar reverenciado donde Manuela ubicaba los cuchillos y los credos.

La muerte esperaba que el dolor se atenuara con la melancolía de las noches y la hipocresía de la calle y su provocación, pero Manuela se redimía con los anatemas de los sacerdotes, arrodillada desde el atrio hasta el altar, detenida siempre en el futuro…

Encarnación, acalorada e impaciente, se encontraba con Alejandro Roca en el invernadero entre el sopor de las begonias y los lirios. Parecía una calandria en estado de gracia, moribunda y despierta, casi degollada por Manuela pero sin ningún límite. Tenía la prudencia del peligro bajo su anatomía y Alejandro ya no pensaba en las rejas cuando la casa brillaba con el llanto de una voz egoísta.

No había violines pero sí se escuchaban las cítaras en novena sinfonía de réquiem entre los musgos; Encarnación parecía una alhaja de oro que traía sus llamaradas a envejecer junto a otro cuerpo sin edad.

Ella miró a Alejandro a los ojos; no quería hablar. La mujer que existía en su interior intentaba ser prudente, aunque fuera en apariencias. Forcejeó para huir pero él la amarró con fuerza. Algo se transformó en esa mirada que, a veces, parecía distante. Un breve gesto de alegría apareció en su rostro como si escondiera un secreto.

Alejandro encendió un cigarrillo y decidió que pronto tendría que visitar a Julián y a Manuela. Tenía poca experiencia pero estaba dispuesto a hablar de cualquier tema: de su pasado y del amor, de la familia humilde a la cual pertenecía, ¿del casamiento con Encarnación?...

Manuela desconfiaba de los hombres, menos de Alejandro Roca, sobre todo de aquellos que entraban a los templos y conventos.

-Van a pedir perdón.-solía decir.

Ella visitaba a las monjas y a los hospitales porque su deber era rezar y ser solidaria con los necesitados; llevaba alimentos, remedios y cariño a los huérfanos que se hallaban en las órdenes religiosas. Manuela se sentía más sola que esos niños; amaba las casas viejas con tejas coloniales, las gatas de Angora que dormían en los roperos, los crucifijos, el campo y la llanura aunque los espacios le ocasionaban fobias.

Desde la cocina, ella vigilaba a Letizia con José como si fueran novios del siglo pasado. La adolescente tenía que permanecer en el living hasta que su madre lo decidiera; ambas no sabían que Encarnación arrastraba sus ardores pasionales en el invernadero desde hacía varios meses. La guardia que montaba Manuela para observar a sus hijas a veces se le escapaba de las manos porque ellas trataban de eludirla; se avergonzaban porque Barbastro las señalaba como reprimidas e intocables mientras otras niñas eran libres y podían demostrar sus emociones sin tapujos por los patios, en los zaguanes y en las veredas.

Transcurría el año 1983 en Barbastro con su agricultura floreciente y las bodegas de prestigio internacional. Por su ubicación junto a los Pirineos, la ciudad era el comienzo de las rutas que llevaban a Francia por el túnel de Belsa. Se podían recorrer sitios maravillosos como Torreciudad, Ordesa, Añisclo o Pineda.

La catedral dedicada a Asunción era el monumento más emblemático: un templo de inspiración gótica y desarrollo renacentista con tres naves de igual altura, sin cúpula ni crucero. El retablo mayor poseía un basamento de alabastro; la silueta de la torre era uno de los elementos identificativos. Los muros exteriores del siglo XVII se articulaban en tres cuerpos con remate en capitel.

Manuela amaba la catedral por su enriquecedora historia pero siempre prefería la iglesia de San Francisco que se hallaba del otro lado del río. Asistía a las misas junto con Letizia para pedir salud y alejar a los espíritus que, como arácnidos, se trepaban por sus venas flácidas. Ella no tenía autoridad para decidir por eso se sentía más vulnerable e indefensa porque sospechaba que algo muy cercano estaba por suceder. La intrepidez de Encarnación la descolocaba y la sumisión de Letizia le daba más miedo; sin embargo, nada resultaba ser tan áspero como la aritmética hecha por alguien inmaduro, pueril y sin malicia.

José Rodríguez cultivaba el suelo como su fin primero. No le gustaba su trabajo pero tampoco renunciaba a él porque muchas generaciones de su familia se habían dedicado a esa faena con buenos resultados. Ya se había acostumbrado a la tierra caliente cuando la lluvia caía como un rayo de acero. De chico, dormía en un jergón frunciendo el ceño porque le molestaba el silencio. En los caminos, los matojos y algunas encinas miraban la carreta; el burro trotaba en el fango entre los ecos de los pasos de los cuerpos fatigados por el viento que sacudía los ramajes… Allí se resumían sus recuerdos de la infancia cuando corría por el trigo cerca de los corrales y por el cañaveral con sus primos.

Pasaron los años y el mutismo se volvió vida a los ojos de los paisanos; pudieron renacer ante las injusticias y ser respetados como señores.

-El orgullo es pecado mortal-solía decirle su padre cuando contaban billetes después de haber recogido la cosecha.

Ahora, el caballerito, como lo llamaba su madre, iba a casarse con Letizia Costa Río: la joven más bella y rica de Barbastro pero también la más atormentada. A José eso no le importaba porque, según él y el pueblo, el aturdimiento de Letizia era por culpa de Julián y de Manuela. Demasiada muerte rondando su cuna desde niña y el remordimiento de nacer bajo el misterio de una casa pobre en apariencias; el dinero en las arcas era un instrumento y luego venían los tulipanes, los brebajes, el incensario, Rocío, las estampas y el revoque caído de la fachada.

-Papá estoy embarazada-le dijo Encarnación a Julián una mañana en el negocio de ventas de autos y rodeada de compradores que, a distancia, examinaban los coches. Julián no tuvo tiempo de reaccionar porque estaba rodeado de extraños que esperaban ver los precios.

-¡Qué!-contestó con un gritito silencioso.

-Quiero este bebé y tú sabes muy bien lo que significa ser padre.

-¡Te casarás mañana mismo!

-No tan rápido…-exclamó Encarnación riéndose y con ironía en los labios. Se imaginaba grande y rolliza, de pechos y brazos acogedores. No le importaban los españoles soberbios de la ciudad porque se sentía invisible, solamente una sombra por las callejas de tierra. Los pobladores le cedían el paso porque los había derrotado pero igual ellos la señalaban con su dedo inquisidor, es que mantenían las costumbres, creencias y jerarquías con la ilusión de librarse de señoritas libertinas que perdían el decoro. No podían entender que Encarnación estuviera embarazada, aunque la culpa era de Manuela por haberla tenido siempre presa entre los evangelios. Ella aún no lo sabía porque le preocupaba Letizia, la niña frágil.

Al cabo de varios días, Julián se lo contó y Manuela, envuelta en una manta de vicuña, dijo:

-Ojalá que sea sanito.

A Manuela la alteraba la proximidad de la muerte porque la vida era una bendición, el resultado del amor y no le importaba la soltería de Encarnación. De todas maneras no dejaba de lamentarse ante la jungla que, como un batallón de hormigas, se le venía encima.

Se retiró a su cueva de indios a indagar sobre el gruñido de satisfacción de los vecinos de Barbastro. En ese edén, infestado de sapos y lagartos, todo se corrompía, en especial el cuerpo. Manuela era capaz de permanecer oculta para no soportar el dolor que le causaban las heridas, pero buscaba un milagro detrás de la niebla. La atormentaba la falta de señales aunque podía escuchar el crujir de los muebles, el parpadeo de las velas junto al retrato de Rocío, el rechinar de las rejas… Su amada hija le decía que los peligros son infinitos y que los milagros aparecen después cuando ya no se los necesita.

Manuela regresó al comedor a hablar con Encarnación porque ambas debían preparar la boda. Ella se confesó con el sacerdote que había venido de visita y él le dio una penitencia mínima porque ya, a la altura de las circunstancias, no era pecado concebir un hijo sin haberse casado, por lo menos para el cura de la iglesia de San Francisco. Manuela no tenía iniciativa y se entregaba a los designios del Señor, completamente de acuerdo con la mayoría de las opiniones teologales.

Julián con su capacidad de mando frente a sus hijas se empobrecía porque ellas eran el tesoro más grande y su continuación.

-¿Dime tú, te casarás con Encarna en la iglesia de San Francisco o en la catedral?

-Pues no sé… que lo decida ella-dijo Alejandro que le costaba creer en el lío en que se había metido.

-No importa en cual-contestó Encarnación visiblemente opaca ante los comentarios frívolos porque no le interesaban los credos.

-Será como Dios manda-dijo Manuela.

-Será como yo quiera-contestó Encarnación.

Bajo la guerra sin cuartel de la población, la pareja se casó en la catedral con un séquito de criadas, primas, tías y una orgía de curiosos.

Encarnación con su vestido parecía una reina imperial que no se doblegaba ante los reglamentos: hablaba en voz alta, se reía con imprudencia, quería rebelarse porque la presencia rígida de Manuela la enardecía…

A Letizia le dolía el alma además del cuerpo porque no soportaba la desobediencia de su hermana y la falta de respeto. Ella era una hermosa mujer enferma de persecuciones y, a veces, envidiaba a Encarnación que había podido enfrentar de manera diferente la educación estricta de los padres.

La fiesta de casamiento se realizó en una casa de campo casi en la cima de una colina con pocos árboles; la base del cerro se hallaba cubierta de vegetación. Desde las terrazas se podía ver un río de aguas claras. Había caballos blancos cerca del camino envueltos en polvo que, como espíritus tímidos, esperaban la compañía de insectos y de aves.

La princesa estaba ebria de alegría y su piel olía a canela y chocolate. Manuela la miraba con tristeza mientras retorcía con sus dedos finos los guantes; pensaba en los secretos, en los ojos de caramelo de su nieto, en el umbral de… Julián la tomaba del brazo para bailar el vals vienés y entonces ella se deslizaba sin tener idea de lo que estaba ocurriendo porque ya todo estaba dicho.

Encarnación era Rocío con su pelo al viento; la imaginaba así con la misma felicidad, la veía muerta en el fondo de un abismo. ¿Por qué? El futuro arremetía contra el resto de los pasajeros que aguardaban el último viaje y que estaban condenados a dejar la dicha para otros.

Manuela se instalaba, solitaria, en las cumbres heladas y podía observar el fondo de los valles mientras la población entera pensaba en el pecado. Ella estaba consagrada a los ritos y a la soledad de las tumbas porque alguien le hablaba para anunciarle la proximidad de los vacíos cuando un puñado de silencios le golpeara, una vez más, su corazón y le clavara las espinas.

El mundo se reducía a un murallón de adobe y ella no podía enviar mensajes alentadores porque le quedaban sólo pesadillas que desmoralizaban las pocas ganas de pensar en la llegada de los días venideros.

Se consideraba una insurrecta porque quería imbuirse en las peleas para adelantar los minutos de una agonía que la desviaba del goce de los momentos. Respiraba sin aliento frente a la imagen del enlace que era, para ella, un retazo de la felicidad. La alegría de su hija la aislaba aún más a su caverna de desechos porque no creía en las limosnas, pero no dejaba de pensar que un segundo que llegaba era un día que se iba. Fiel a las premoniciones enlazaba las ideas con las dádivas que Dios le regalaba para que pudiera seguir adelante, entera e inobjetable.

IV

Al bebé de Encarnación lo llamaron Damián porque ella había elegido ese nombre desde el primer día que supo que estaba embarazada.

Un estremecimiento de aprensión y gusto inundó el alma de Manuela al contemplar al niño, su nieto, pero los bellos pensamientos se le mezclaban con los trastos de los mausoleos, con los espíritus que volvían al lugar de la partida, con aves negras que hablaban entre el frondoso ramaje de los paraísos y sus hojas virginales, sus ruegos incompletos y el perfume de Rocío que se esfumaba en la atmósfera con efluvios balsámicos… Ella seguía siendo una criatura a pesar de ser abuela.

Letizia y Julián observaban al recién nacido; trataban de contener el aliento mientras Manuela se sumergía en la senectud de la infancia. Imaginaban a Damián corriendo entre los pájaros, las orquídeas y los tulipanes, con los gatos en el patio de las madreselvas.

Encarnación, ama y señora de sus decisiones, pensaba en tener su propio hogar, sin pasado y sin lágrimas, donde el viento destemplara los cuartos.

Alejandro Roca era una persona humilde, intelectual, con un trabajo simple y a veces demasiada tranquilidad. Era ella la que llevaba adelante la vida de todos como gobierno de un distrito, esposa de capitán o simplemente una española obstinada ante las palabras y los reclamos de quienes creían tener las soluciones.

Manuela, cansada por las patologías que sufría su cuerpo, no tenía fuerzas para contradecir a su hija porque ya veía alas de gaviotas cruzar la infinitud del cielo en vuelos errantes. Su tremendo vacío la escoltaba por las calles hasta llegar a la casa de sus padres. Allí entre las obras de arte y los finos muebles se sentía libre.

-Ven acá, niña, no corras… ¡Qué desgracia, te has lastimado!-decía su madre en los recuerdos, lloraba como si Manuela fuera a morir.

En un cajón del armario de cedro había un incensario del siglo XVIII con perfume a sándalo; lo encendió y como un candil le iluminó los ojos húmedos.

-Jesucristo ha entrado en esta casa-dijo Francisca desde la cocina con un trozo de torta de manzana y avena.-Deberías estar feliz con tu nieto que es la luz de los ojos de Rocío.

Aquella niña muerta sería por siempre el motor para seguir adelante, el espejo agrisado de sus canas y el motivo de las alegrías y de los lamentos porque su rostro encendía las velas y sahumerios, ordenaba con la voz de Encarnación, lloraba como Damián…

Manuela volvió, después de una jornada triste, a su altar doméstico donde se resguardaba de la negación del futuro frente a sus propias frustraciones. No aceptaba la muerte a pesar de ser tan católica pero tampoco creía en la vida porque la sentía frágil, corta, impredecible... El miedo tiraba las riendas de su caballo y ella quería arrojarse, cerca del arroyo, en el descampado, para que alguien o todos la dejaran en paz, pero seguía al trote, endurecida, por un túnel hecho por hombres de ideas geográficas.

-¡Manuela...mujer!-gritaba Julián desde la sala con la voz que sonaba como chasquido de cuchillo.

-Perdón...necesitas algo.

-Encarna ya está instalada en su nueva casa. Le compré muebles, sábanas, enseres, hilados... tú sabes-dijo Julián con alegría desbordante.

-Ella hubiera preferido dormir en el piso, la conoces...

-No importa, es mi hija y la amo; respiro por su aire y por el de mi nieto. Tú eres indiferente. ¡Qué te pasa Manuela, reacciona!

-Amor, esta quietud es más poderosa que mi alegría. No escuches mis palabras apocalípticas porque ya no sacuden a nadie.

Julián la miró confundido y un sudor de tabaco y sal le recorrió el cuerpo. Le sonrió a su esposa y por primera vez, después de tantos años al distinguir en su voz y en su piel el temor luchando contra la paz de sus principios, sintió miedo.

Le tendió los brazos y Manuela, cual paloma herida, se acurrucó…; guardaba muchos secretos en el desasosiego de sus manos. Ese rostro demostraba las carencias y la desprotección; ella era dueña de los velos y se enfrentaba, en la soledad, a visiones que en hojas alquitranadas estaban escritas en su corazón. Manuela parecía huérfana de amor y de presencias, criada entre beatas con trajes de pingüinos. Su matrimonio con Dios era más fuerte que la muerte, pero igual le temía y esa contradicción la atormentaba a tal punto que, por momentos, se sentía desquiciada.

Letizia era el apóstol galeno que resguardaba, sin estupor, sus rosarios interminables y que atestiguaba esos escritos que la milenaria cabeza de Manuela repetía confusa por las pérdidas anteriores y posteriores a ese presente que la tildaba de insana. Sin embargo, la vida a la que ella tanto le temía le daría la razón.

Encarnación vivía en una casa sin lujos ni estridencias, pero sí con un bello jardín donde ella misma arreglaba la vegetación que florecía en los meses de calor: Hemerocallis de color amarillo anaranjado, Agapanthus africans en combinación perfecta...

Alejandro Roca, su esposo, trabajaba en un negocio de compra y venta de antigüedades, desde muebles hasta joyas. El pequeño Damián ya tenía tres años. El niño era muy especial, callado y sumiso, tal vez miedoso, quizá porque Manuela ejercía sobre él su influencia, ese trauma psicológico que la llevaba a estados atemporales y dolorosos. Damián era solitario y reservado y sólo quería estar en compañía de su abuela porque en sus brazos se sentía seguro y no tenía dificultades para expresar sus escasas emociones.

Encarnación, rebelde como ninguna, manejaba el auto a altas velocidades por las rutas cuando viajaba a otras ciudades a comprar ropa, luego se internaba en las galerías atiborradas de telas, vestidos, encajes y maniquíes.

-Soy tu diseñador, deja los prejuicios y que yo elija la indumentaria-le decía Rafael a quien Encarna intentaba darle instrucciones.

Ella era su modelo preferida para desfilar los trajes de novia por su imponente figura y glamour; rubia y única le gustaban los drapeados y el corsé. Encarnación era frívola y trataba de reemplazar sus carencias emocionales con el estímulo de las pasarelas, la osadía del peligro, las corridas diarias entre los logros personales y el dinero.

Damián crecía entre las mantillas de Manuela con su pasado de lágrimas y el presente en guerra con las dolencias psicosomáticas de Letizia, la falta de respuestas y el estallido de su corazón en alerta.

Alejandro se había convertido en la sombra de Encarnación a quien amaba y trataba de complacer en la mayoría de los caprichos. Ella gobernaba sus euforias y frustraciones tanto como la voluntad de su esposo sin dejar nada librado al azar. Era una mujer bellísima, llena de vida, ambiciosa y alegre que vivía las emociones a paso acelerado, sin paz y con demasiados riesgos.

Manuela, con sus fobias, casi no reparaba en la conducta de su hija menor porque su preocupación era Letizia: débil, enfermiza, su espejo… Le preparaba la comida preferida: lomo de cordero con albahaca, berenjenas y arándanos con crema embebidos en almíbar. A Julián le fascinaban los platos de Manuela tan deliciosos como los de un gourmet especializado. Es que ella cocinaba con sus estampas a la vista para bendecir las horas entre los dolores y el miedo, con la convicción de que las imágenes se alegraban con los dones naturales de sus afamadas cenas. Quería recoger milagros de ese vasto mundo de realidades tan cotidianas como abrumadoras para luego descansar en el sopor de sus lacrimógenas oraciones.

Letizia la acompañaba a las misas en la iglesia de San Francisco. Ataviada de una manera especial, trataba de sobrevivir entre las tumbas añosas del templo; sin embargo, iba a casarse con José Rodríguez y de allí en más pasaría a ser una hacendada en un ambiente desconocido que con sólo pensarlo la perturbaba a tal punto que, por momentos, deseaba que la boda no llegase nunca.

Una mañana Encarnación y Alejandro decidieron pasar una jornada en el río, al aire libre y en contacto con la naturaleza y la aventura. A Damián no le gustaba el agua y cerraba los ojos frente a la corriente que, según él, arrastraba lo que encontraba a su paso; de todas maneras, Damián era pequeño, educado dentro de una armadura de acero que Manuela había construido para protegerlo de la vida.

Encarnación y Alejandro se querían mucho, de eso estaban seguros, con un amor pasional y contradictorio y con el aburrimiento de haber compartido rutinas y algunas travesuras. Ella huía de la resignación de los días y él había dejado de ser para unirse a la tarea de explorar las horas de un reloj que pretendía acelerar los compases para llegar más rápido. ¿Dónde quería naufragar Encarnación? ¿Por qué calculaba los años?

Antes de subir a la canoa, Alejandro la miró y vio algo en sus ojos y en los rasgos de su rostro que la convertía, paradójicamente, en un ser frágil, profundo, sin arrugas interiores… Era una mujer para amar y envejecer.

A las dos horas, la embarcación se dio vueltas y la arrastró la corriente; los cuerpos desaparecieron de la superficie. Fue arduo el trabajo de exploración. A Alejandro lo encontraron en la orilla, entre las matas y los escorpiones, visiblemente muerto; ella fue sepultada para siempre en las entrañas mismas de ese río, sin reloj, con sus monstruos y verdugos, en la perpetuidad. Su rostro volvió a descansar en el retrato de Rocío y sus tulipanes.

Alejandro sobrevivió como testigo de la crudeza absurda de las partidas a destiempo. Él ya no pudo mirar más a los ojos a Manuela y le entregó a Damián en un acto despojado de egoísmo con el fin de reparar la pérdida, aunque el peso de la culpa lo acompañaría por el resto de su opaca existencia. ¡Qué pobreza la del desamparado cuando en su mirada sólo hay oscuridad y anestesia, la misma que paraliza los sentidos frente a los despojos de su cuerpo!

Manuela ya no se sublevó porque estaba segura que debía prescindir del amor para seguir viviendo; nada le servía, nada le alcanzaba… y el vacío era un antifaz que le tapaba los ojos, entre buitres y alimañas, con el alma hecha recuerdos y la cabeza aturdida de llantos.

Julián se había transformado en un espejo de su esposa cuando la inocencia se vestía de niña rubia; ya no le importaba la complejidad de los negocios, el dinero, el poder y las apariencias porque su vida estaba destruida. Sus amadas hijas se habían ido con el Dios de Manuela a contar estrellas. ¿Para qué?

A ambos les sobraban las horas de una existencia que velaba el presente con cirios púrpuras y el futuro era una máscara que asomaba su faz por las ojivas en las noches de tormentas eléctricas. Manuela y Julián dependían de los retratos, aunque a Damián jamás le mostraban la foto de su madre. Encarnación se había dormido entre los álbumes; ya no se parecía a Rocío que seguía gobernando la sala con los tulipanes de seda.

Damián jugaba en los brazos de Letizia a quien llamaba mamá porque no podía elegir; Alejandro, su padre, lo venía a buscar y lo acompañaba a la casa de Lola para que cambiara de ambiente. Ella era una abuela "normal" que le compraba helados y lo llevaba a la plaza a jugar con otros niños aunque él se mostrara retraído. Tampoco le hablaba de Encarnación, ni de su fama ni de sus huellas, porque inconscientemente no la quería por haber desafiado al peligro sin pensar en la familia. La consideraba una mujer egoísta, educada con absoluta libertad, a quien los problemas de las personas le resbalaban dejando relucir su alma mezquina. Lola no quería que su nieto recordara a su madre de esa manera; ella, llegado el momento, se encargaría de inventar un personaje noble a los ojos de la criatura. Sin embargo, Damián, a su manera, ya estaba sufriendo los estragos del abandono y de una ausencia que se hacía esperar y que estaba pintada en algún sueño, en una caricia lejana, en una canción de cuna…

Letizia, mientras tanto, entre el dolor y el miedo, preparaba su casamiento con José Rodríguez. Ella sentía que debía buscar la salida, una oportunidad para alejarse del resto sin importarle el amor. No estaba segura de ser la novia ideal porque ya no sabía dónde se hallaba parada. José era el hombre que debía ser su marido y eso bastaba para poder seguir viviendo, con resignación, sin entusiasmo, con las cargas que el destino le imponía. En ella no se gestaba el más mínimo deseo porque todo era estudiado con anterioridad, certificado por Manuela y Julián y por los médicos que no sospechaban la soledad que Letizia sentía en su alma. Apostaba a su cordura infantil, alimentada por su madre, a la automedicación y al llanto que siempre, tan inoportuno, delataba su pasiva violencia.

José le daba seguridad para defenderse de los invasores imaginarios pero era algo indiferente cuando se alejaba para partir al campo a lidiar con los sembrados y los animales; sin embargo, sabía dividir su tiempo porque pensaba que todas las mujeres necesitaban las mismas cosas. La imagen de Letizia expresaba su impotencia frente a las horas de vida que le pesaban... pero José no se daba cuenta porque, tal vez, se egocentrismo no le permitía ponerse en el lugar de ella y asumir el compromiso. La familia de Letizia estaba quebrada y nada le devolvería la paz.

Damián crecía al amparo de Manuela y de Letizia. Lola, la otra abuela, quería rebelarse ante el misterio de esa casa legendaria con códigos absurdos y dañinos para el niño, pero Manuela era demasiado absorbente y posesiva capaz de desafiar reglas establecidas como modelos. A ella su corazón le hablaba y le decía que Damián estaba ocupando el lugar abandonado por Rocío y por Encarnación como un regalo de sus hijas. Manuela, por orden del Supremo, debía protegerlo de la vida invadida por asesinos y víctimas, protestas y libertinaje, seres oscuros y santos de yeso.

-Tú sabes que Dios está en los cielos. Júrame que no saldrás a la calle. Júrame que no morirás...- le decía Manuela en susurros cuando lo veía dormir en la cama de Rocío con su mismo pelo lacio y rubio. Ese ángel sobreviviente era el lazo que la unía a la pesadilla y al último paso que la arrojaba al futuro. ¡Pobre niño! Sobre él caía la guerra de una familia contra el mundo que pendía de un hilo y que afrontaba el reto del mañana pero enturbiaba el presente.

Julián, resignado y apático, se refugiaba en el trabajo mientras trataba de acrecentar el capital aunque ya no le importaban los billetes. Había descubierto el paraíso y el infierno en pocos años, de nada le servía el dinero porque no le daba felicidad. Podía nadar en él hasta ahogarse y gritar hasta quedar mudo; nadie le devolvería aquello que, como un escultor, había creado y que valía más que el oro. Todos parecían autómatas, no lloraban ni reían, sólo se levantaban por las mañanas y se acostaban por las noches con un macabro ejercicio no premeditado.

¿Esperaban algo o se dejaban llevar por la renuncia?

Manuela y Julián estaban persuadidos de que las llamas los podían abrasar sin que se dieran cuenta del ardor porque se consideraban inmunes al peligro, pero era de ilusos pensar que no volverían a caer porque el sufrimiento no estaba vedado ni se amparaba en lo profano. Su imagen incorpórea era veloz y ahondaba en las miradas, en el andar titubeante, en la espera…

V

La boda de Letizia con José fue sobria y rápida. Ella lucía un traje con cadera baja y una sobrefalda irregular de puntillas y encajes antiguos. En la cabeza llevaba una capelina con un lazo color rosado, igual que las flores del ramo, que le caía en la espalda. El perfume que se percibía era el Aire Loewe de 1985 cuya frescura lo convirtió en líder de las fragancias femeninas: un bouquet fresco, moderno y joven dado por la combinación de petit-grain, mandarina y limón de Calabria, con suaves toques de gándolo verde y esencia de tagette. Letizia y Manuela lo compraban en la casa Loewe de España.

No hubo fiesta de casamiento; de luna de miel se fueron a Egipto: lugar místico y adorado por los dioses, donde el sacrificio era una costumbre casi un rito. Los incensarios llenos de mirra envolvían con su aroma los palacios y purificaban, desde tiempos pretéritos, el acto del amor. El mirto y el cedro para los ricos, el aceite de sésamo para los pobres. Para Manuela los ungüentos añosos y modernos para alejar los espíritus malignos que acechaban siempre y no conocían distancias.

Letizia había cambiado su vida, se había reinventado con los arrullos de fantasmas a cuestas y el parloteo de cotorra de su suegra que conocía la historia de la familia pero que sólo le importaba el dinero que acumulaba Julián.

José aceptó vivir en la casona de Letizia porque ella extrañaba a Damián y a sus padres. Ese recinto congregado de fieles era solamente un escenario más para la autocompasión.

Letizia, una mujer con rumbo incierto, mendigaba en el fangal con un poco de cordura cuando sus ojos se cruzaban con los de Manuela que arrastraba sus gritos silenciosos en una silla tan vieja como su rostro de abuela joven. Estaba destruida por la lucha y con la necesidad permanente de sentir una espalda para apoyar sus huesos amarillos.

-Tú calla o reza para no enfermar-le decía a Letizia que la observaba a través de sus gafas mientras cosía las medias de su padre.

-Madre no bajes los brazos, el destino maneja los hilos. Con cada desgano mueres un poquito.

-Letizia no puedes engañar a las sombras porque no conoces la tuya. Las ausencias se abisman como trapecistas en las cuerdas flojas. La vida es sólo eso, dormir… ¡Cristo Santo, es que no sabes, niña, ponte el disfraz y sigue tu camino…! Hay que ser necio para creer en la dicha.

Letizia se incorporó sin contestar una sola palabra y se retiró a la cocina a preparar la cena para poder llorar sobre las estampas de Manuela que, en definitiva, no la inquietaban ni le daban valor.

Preparó un salmón rosado con masa Phylo con eneldo y ciboulette para todos, aunque sabía muy bien que a José le gustaban las comidas sencillas. Ella casi no pensaba en él porque su ausencia era tan prolongada que la despojaba del entendimiento y de la realidad, de que llevaba un anillo de bodas.

Damián, casi como hijo propio, se comía los frutos rojos y la jalea de naranjas mientras Manuela observaba sin inmutarse, pero decía de a ratos:

-No eres de nadie pequeño, eres solamente de ti.

Manuela divagaba sin convencimiento y a entera disposición de las leyes divinas porque ya no se sublevaba; había aprendido el difícil arte de la resignación.

Letizia saludó a José que llegaba del campo con la ropa sucia por el polvo de las cosechas y con el decaimiento lógico de largas jornadas a la intemperie. No tenía humor para hablar con su esposa y menos con Manuela; él no sabía que descuidaba el hábito de agradar porque, tal vez, no entendía las reglas del matrimonio.

-Traes oscuridad en la mirada-le dijo Letizia.

-Estoy cansado, tú sabes que no me gusta el campo. ¡No me hables de ese modo porque te pareces a tu madre!-le gritó.

Letizia corrió a su cuarto llorando con su acostumbrada dificultad emocional y la soledad de una vida sin cariño y con demasiadas ataduras. José fue detrás de ella pues estaba arrepentido; la amaba muchísimo pero, a veces, los nervios lo traicionaban por estar aislado de las costumbres urbanas.

Nunca hubiera imaginado los días sin Letizia, a pesar de su estricta educación, de los modales aniñados y de sus humildes logros. Ella era frágil y enfermiza, incapaz de concebir un hijo, y tan miedosa que no tenía secretos, pero algo la diferenciaba de las demás mujeres: podría sobrevivir a todas y cada una de las tragedias y pesadillas. José creía que Letizia moriría a los ciento veinte años pero…

Con intervalo de cinco años, Letizia dio a luz a dos niñas: Dolores y Laura.

José, completamente absorto y con las ideas desordenadas, estaba orgulloso de sus hijas que lo amaban más que a nadie.

-Esto es ilegal-bromeaba el abuelo Julián con las criaturas sobre las rodillas.-Me siento tan joven como si fuera su padre.

-Eres viejo, hombre, rebuznas igual que los burros porque no soportas el paso del tiempo-le decía Manuela desde las habitaciones y a los gritos porque estaba cuidando a su madre, Francisca.

-Dios me perdone; mis pensamientos son procesiones esclavas que no saben de resurrecciones-decía Manuela con un gesto sobrenatural porque no podía creer que Letizia hubiera engendrado dos hijas.

José tras el olfato de sus perros cimarrones era un campesino expuesto a las plagas de langosta; parecía tener un color diferente en su rostro y se confundía, de a ratos, con actitudes primitivas. Recorría los galpones y se recostaba en algún colchón de chala mientras miraba el vacío como si la vida fuera una mujer que no le daba alegría ni pena.

En tiempos de sequía, se martirizaba observando la tierra y los cielos con desesperación; reclamaba lo que era suyo y parecía que no le importaba otra cosa. Le pesaba la sangre de los colonos en el cuerpo, esa masa de huesos magullada por las cruces de Manuela, la rigidez de sus ambiciosos padres y el amor por Letizia que parecía olvidado por los hielos de la escarcha.

Dolores y Laura eran sus obras trabajadas por sus manos agrestes y amadas como espigas de trigo. Ambas eran rubias igual que Rocío y solían colgarse de sus hombros cuando lo veían llegar curtido por la humedad, el polvo y los hongos.

Letizia salía a recibirlo con el alma viuda de tanta espera; intercambiaban algunas palabras bajo el alero y luego con la misma frialdad entraban a la casa para seguir enterrados hasta el hartazgo en el aleteo de las langostas y en la sacra mansedumbre de los ojos de Letizia que yacía a las órdenes de su madre.

Manuela parpadeaba con el candil en un presente que anunciaba batallas, finales y principios o simplemente locura. Añoraba el espectro de los siglos, las piedras del aljibe, los zaguanes, los bosques de tala, los tapetes de terciopelo… Era una esclava que se vendía a un pasado, tal vez, sin peligros con pájaros en jaulas de mimbre y la protección de sentirse joven de verdad con varias madres abrazando su cuerpecito frío.

Damián, el hijo de Encarnación, ya tenía diez años y sufría de anorexia nerviosa. No podía expresar los sentimientos y se refugiaba en los brazos de Manuela como si fuera un bebé que trataba de escapar de una pérdida que lo elevaba al más alto grado de incomunicación. Su madre no existía en sus recuerdos visuales y nadie le hablaba de ella, tampoco él quería preguntar porque sentía que su carga no iba a aliviarse con un estallido de curiosidad.

"Los grados de alexitimia suelen ser diferentes pero existe predisposición a sufrir úlceras, agresividad, problemas cardíacos... "

Damián no quería comer. No poder comunicar sus emociones lo enfermaba a tal punto que parecía un autómata que no percibía el dolor o la alegría, es que no era feliz.

No saber nada sobre la vida de Encarnación le había ocasionado un desequilibrio emocional que requería terapia, recreaciones, y ayuda psicológica. El egoísmo de Manuela y la lasitud de Letizia no les dejaban ver el estrés que el niño acumulaba y la rigidez de su mirada.

Alejandro, su padre, se había casado con otra mujer. La relación era buena pero no existía demasiada confianza porque el tiempo se había detenido y el amor que sentía por Encarna seguía intacto; él solía vestirse con las mismas ropas que su esposa le compraba por aquellos años. Alejandro se hallaba disminuido por el recuerdo de una mirada dichosa. Encarnación estaba viva en su alma y en su cuerpo avejentado que pedía a gritos volver atrás para burlar al destino. Sus remeras desarregladas mostraban las ruinas de su presente y en él se encontraba Damián que arrastraba la falta de entusiasmo, sus obligaciones de colegio y la verdad oculta de saber que no era hijo de la vida sino de un ser vital y caprichoso que agradecía a Dios haber nacido.

El niño era el resultado del aislamiento que Letizia y Manuela le habían impuesto para alejarlo de los bombardeos de una guerra injusta en la que ellas batallaban sin dar explicaciones. Damián era el blanco de sus egoísmos y del deseo de escribir la propia historia de alguien que no les pertenecía.

En el ambiente, no existían confrontaciones porque nadie quería generar discordias por temor a rebeliones. Lo cierto era que muchos de ellos parecían muertos, como Rocío y Encarna, porque no hablaban; en cambio aquellos cuerpos inertes y profanados por las aguas tenían luz propia y parecían agobiar con su intelecto e inocencia, con su vitalidad y transgresión.

Damián recogía la trilogía de palabras con mensajes ambiguos que no alcanzaba a descifrar, entonces se aislaba en el viejo patio donde dormitaban los gatos de Letizia arañando los árboles para jugar pues no cazaban pájaros porque hasta ellos había llegado la tristeza del abandono. El alma de la gata Máxima y sus grillos negros intentaban despertarlos del letargo y motivarlos al alboroto, pero los felinos estaban sordos.

-El reino de los cielos pertenece a los humildes-le decía Manuela a Damián absorto frente a los tulipanes. Él no le contestaba y tampoco la miraba porque a veces sus palabras se parecían a sus vergüenzas.

El niño resistía demasiado aunque su cuerpo se sublevaba contra la comida; con el ruido de fondo, el grado de ausencia se agrandaba y le era más difícil poder salir del pozo que lo empujaba a una posición casi letal. Cuando se iba con su padre actuaba de la misma manera, casi autista, y nadie tomaba la responsabilidad de asumir los roles.

Damián vivía en duelo permanente frente a quienes no le enseñaban el rostro de su madre por temor al sufrimiento cuando él ya había llegado casi al último escalón. No sabía pedir ayuda por sus trastornos de la voluntad pero tampoco quería saber porque la realidad estaba ante sus ojos: él no tenía mamá.

El tiempo miraba con apariencia de anciano las vidas de quienes habitaban esa tierra donde las semillas germinaban y devolvían a cada uno su cosecha.

José no pensaba en la soledad y observaba el crepúsculo ambarino sólo para saber el color de sus espigas, la virginidad de las plantas y ver la hojarasca en los terrenos áridos. Nunca se quebraba porque su sangre parecía helada entre las venas, pero lo cierto era que él eternizaba el amor de Letizia; no lo custodiaba ni lo desamparaba solamente lo sumergía en un mutismo de lejana cercanía. Necesitaba de esas alas para aislarse en busca de su yo, aprender de sus raíces y dormirse en la paz de ese linaje en el cual, tal vez, no existían ni Letizia ni sus hijas.

El desamparo del labrador no lo asfixiaba. ¿La vida era tan sólo eso? José era un militante de las apariencias como su suegro Julián; necesitaba dinero para ser feliz y pensaba que los billetes mantenían fieles a las esposas.

"Cuando las mujeres exigen dinero a cambio es porque ya han dejado de amar".

José inmerso en los cuatro vientos de la llanura aborrascada no prestaba atención a las cuestiones del espíritu porque la quietud lo adormecía bajo el alero colonial de la casa de sus padres. Él era inmaduro igual que Manuela y ya no tenía capacidad de asombro porque la rutina no le dejaba ver lo que en realidad tenía valor. Infranqueable para demostrar afecto creía ser justiciero y sacrificado porque cuando volvía a la casona se mostraba sufrido; era una persona sin opciones, un fugitivo en quien nadie podía depositar sus anhelos, miedos o desdichas porque él estaba necesitando abrazos.

-¿Sigues con el ritual?-le preguntaba Manuela.

José no respondía porque estaba cansado de los enigmas y de los jeroglíficos verbales de su suegra. Él prefería dispersarse hacia la llanura donde veía los sembrados y las plantaciones de naranjas iluminadas por los matices del atardecer. Solamente ése era el mundo que le interesaba aunque en él no aparecían sus hijas a quienes amaba muchísimo, pero la intemperie lo reunía con lo intangible, con la armonía de lo perfecto, lejos del dolor de las ausencias y del temor a la muerte que, como un fantasma enmohecido, vagaba por las habitaciones de la residencia de los suegros.

Desde pequeño, a José le costaba alcanzar al objetivo porque el encuentro con la realidad lo confundía; llegaba a desvirtuar el sentido verdadero de sus aspiraciones. No sabía si vivía dentro de un presente construido por sus padres o fuera de un paraíso que lo excluía por razones que se escapaban a sus dominios. Jamás le gustó el campo.

Hoy él quería recuperar el tiempo perdido en esa llanura que, aunque en un principio no toleraba, ahora era su caverna, el fuego, el relax, la música, el espacio…

En Barbastro se hallaban Letizia y sus hijas que esperaban la parquedad de su regreso todos los días. José, en realidad, no sabía cuánto las quería porque arrastraba episodios complejos de su niñez y la ambigüedad de situaciones pasivas para tomar decisiones. Envuelta en los vapores de los tulipanes de Rocío, cocinaba el pastel de ave con zanahorias, papas y tapas de hojaldre; Dolores y Laura se colgaban de los brazos de su padre para ahogarlo con cariños dulzones que José devolvía con promesas de regalos y viajes.

Manuela lo miraba desde sus gafas mientras tejía un soquete para Julián y pensaba que ese hombre no existía porque la baratura de su alma lo había devorado. Parecía endiablado y longevo, mudo y analfabeto: un vegetal que no sabía de pasiones pero sí de cobardías.

José era un terrateniente que buscaba el perfeccionamiento de su oficio pero no sabía que se dilataban los momentos: las niñas crecían, Letizia se cansaba de su apatía y de la soledad, Manuela la atosigaba con vaticinios. En medio de tanto parloteo, él se deslucía y se aislaba, hasta parecía desleal por sus deficiencias.

VI

Letizia tuvo su tercer hijo. Se sentía rara y distante, llena de dudas y de indicios de ideas que la alejaban de los recuerdos, del encierro de los combates y de las heridas que la muerte había arrojado en la tempestad de los cuartos.

Letizia ya no soportaba la presencia de José cuando regresaba por las noches con su actitud esquiva. El susurro de las niñas, el paso acompasado, un beso no querido y esa jaula de palomas púrpuras, eran sólo el paisaje doméstico que la irritaba desde hacía un tiempo.

Los días sucesivos, discordes, se volvían ilimitados y el infierno ardía bajo sus pies. La vida no tenía un verdadero significado para Letizia. Sería humo, pluma, gaviota…, tendría que arrojar la cordura en las aguas de Encarnación y convertirse en farsante sin pasado y sin José.

Él nunca esperaba reproches ni cuestionamientos porque no sabía convivir en pareja. No entendía cual sería la próxima pelea porque nunca había ganado ninguna batalla.

-Vete de la casa-le dijo Letizia con los ojos desorbitados y como enajenada.

-¿Qué?

-Quiero que tomes tu valija y te marches.

-¿Qué dices? ¿Ahora que vamos a tener un hijo? ¡Estás loca, mujer!

-¡Vete…!-le gritó Letizia a punto de desmayarse.

-Tú te llevas tu alma y tu cuerpo-exclamó Manuela desde un rincón.-Tienes perdidas las lágrimas en el cieno.

-¡Usted se calla, no tiene nada que ver en esto!

-Eres ceniza agridulce que sabe gestar locuras. Mira a mi Letizia…¡Pobre niña! Vuelve a las lisonjas de tu hoguera que pronto serás polvo porque ya escribiste tu último capítulo.

-¡Usted no es nadie para mezclarse en los asuntos conyugales y menos para intentar persuadir a mi esposa con sus absurdas ideas.

-¡Vete!-gritaba Letizia con una crisis de llanto que la convertía en una mujer al borde del desvarío.

José Rodríguez, sentado en el sofá de la sala, miraba atónito la escena sin comprender. ¿Qué había hecho mal? Sus ojos observaban a Letizia descontrolada frente al muro de la ventana.

¡Cuánto la amaba! No podía serenarse ante los gritos de ellas y el desorden de su alma. Desde el fondo de sus entrañas comenzó a brotar un rumor que lo atrapó con lágrimas nuevas. No quería irse a ninguna parte pero la evidente crisis de su esposa lo obligaba a retirarse con la certeza, para él, de que al otro día encontraría la paz de siempre en ese hogar que ahora le parecía maravilloso.

¿Qué habría pasado por la cabeza de Letizia para despreciarlo de ese modo, aun sabiendo que iban a tener otro hijo? ¿Existiría un tercero?

José estaba a punto de desplomarse frente a la importancia de sus preguntas sin respuestas porque no podía entender el porqué de esa reacción tan ajena a los modales apacibles de Letizia. Él la amaba muchísimo y pensaba que no se alejaría de ella aunque todos se transformaran en sus enemigos, pero lo que no sabía era que el verdadero rival era él mismo y su embrujo campesino.

El cristal de su espejo le mostraba a un aldeano pobremente vestido, sin voluntad de mejorar y sin deseos de agradar, pero él veía a un caballero galante y vanidoso.

Letizia, recostada, permanecía en la cama porque el doctor Guerrero le había suministrado un sedante.

Ya era tarde, los diálogos estaban rotos igual que la cadena de la vida y en ese espacio inmemorial no existía la claridad del amor porque el quebranto latía más ardiente que nunca; había regresado a velar los cuerpos guiados por las señales de un destino artífice y manipulador.

La familia ya se había olvidado de José porque estaban acostumbrados a despojarse de las cosas y de los seres, sin inmutarse. Rocío les había enseñado a apagar la luz antes de tiempo.

José Rodríguez se hizo hombre de un cachetazo sin esperar las disculpas porque Letizia ya no quiso vivir bajo su mismo techo. En los galpones repletos de aserrín, donde el olor a cuero y a madera húmeda lo mareaba, solía llorar de impotencia mientras fumaba un cigarrillo atrás de otro. Parecía un adolescente famélico con cara de soldado y orejas de murciélago. Estaba irreconocible. El idilio que tenía con la tierra hollada le parecía estéril porque su pleito con el destino no le dejaba espacio para las frivolidades. Sabía muy bien que castigaría su cuerpo hasta hacerlo sangrar como si fuera su propio verdugo; él había cometido un delito pero no sabía cual.

Miraba con rencor los campos arados, le dolía en la piel el viento fronterizo, la casa colonial era la ruina de un sitio decadente, el polvo, los cipreses…, una fosa: la suya. Hasta el fin de sus días repetiría una y mil veces que no había cometido falta alguna y que era una víctima de Manuela y de Julián, pero más que nada de Rocío que desde la infinitud los golpeaba con sus lágrimas para obligarlos a pensar en la muerte.

Resultaba fácil para José culpar a un ser que no podía defenderse pero lo hacía porque su mente se hallaba reducida a ceniza, no coordinaba bien, contestaba con monosílabos y se recluía en los establos a rumiar igual que las vacas.

Letizia también estaba irreconocible, hablaba incoherencias, despreciaba a José y se mostraba totalmente agresiva después de haber sido una joven sumisa y educada.

No quedaba nada de aquella pobre adolescente; sus códigos eran otros y su deseo desmedido de libertad traicionaba las leyes de las buenas costumbres que imperaban en la casa desde tiempos ancestrales.

Letizia quería vivir porque esa prisión ya no la dejaba respirar; necesitaba transitar las calles y los riesgos sin pensar en la moral ni en los límites. Estaba abatida y fuera de sí e insistía en escapar como su hermana Encarnación para transgredir las órdenes divinas y terrenales.

Por las tardes, cuando la siesta abrasaba con el calor del estío, solía subir a la terraza a bailar desnuda sin importarle los gritos de Manuela y las miradas asombradas de Dolores y de Laura. Las niñas no entendían de pactos y de liberación porque ellas estaban cómodas con ese nido ovillado por la abuela donde había demasiadas plumas que atestiguaban de manera clara la grandeza de sus sentimientos. Sin embargo, extrañaban al padre que ya no las paseaba sobre los hombros ni les hablaba de las abejas y de la miel de los panales, de la intensidad de los huracanes que azotaban las aldeas y del ceibo de ciento diez años que todavía vivía junto al gallinero.

Dolores y Laura estaban presenciando el testimonio clave de una conducta inexplicablemente absurda que las dejaba atónitas frente al entorno de sus juegos y travesuras; como todos los niños trataban de desmenuzar las horas sin verdadera conciencia de lo cruel que podría llegar a ser la vida.

Letizia con su inestabilidad arrastraba a la desidia a las personas que la rodeaban porque la venganza era su festival callejero y la arrojaba de su jaula a los abismos del desorden mental.

-¡Pobre niña!-decía Manuela con una ingenuidad que parecía de ficción pero que resultaba ser pura como lo fue siempre.

Nada era tan vital como el reencuentro cuando dos almas dejaban el claustro. Letizia y Encarnación eran libres de Manuela y Julián pero esclavas de una situación sin rótulo pero amenazante: la muerte. Manuela, espejo de la finitud de los cuerpos, ya lo sabía.

Letizia con sus hipótesis casi no se daba cuenta de que estaba esperando otro hijo. Quería desechar los errores pasados con agresión cuando todavía vivía bajo los tapetes de su madre; sin embargo, solía correr detrás de ella con una botella en las manos con la intención de romperla sobre su cabeza.

-¡Voy a destruir tus neuronas incompletas. Tu ojeriza se va a terminar porque yo voy a salir a pelear!-gritaba Letizia por las galerías pobladas de espectros demasiado fatalistas.

Manuela escapaba ignorando la amenaza con su acostumbrada incapacidad pueril. No entendía a su hija pero tampoco la juzgaba porque esas cuestiones escapaban a su entendimiento.

-¡Julián, viejo dormido, ven acá…!-llamaba a su esposo que se hallaba ausente.

Al fin, Letizia se calmaba y se recostaba sobre la hierba a jugar con los gatos. Dolores y Laura recorrían los senderitos entre risas porque amaban a su madre y pensaban que ella se divertía con Manuela; ambas perseguían causas justas.

Manuela se recluía en las habitaciones con la estampa de la Virgen del Rocío y emprendía una peregrinación alrededor de los muebles; esa imagen la ponía en contacto con los orígenes, costumbres y vivencias. Le parecía escuchar las campanillas y cascabeles de las carretas, los caballos y jinetes, las mujeres sevillanas… Los Romeros portaban el Sin Pecado y la Virgen entre peregrinos y flores. Ella creía verlos con teas, saetas y fuegos artificiales con la soledad de su alma y la reconciliación con las leyes divinas en un sitio donde todo era caos y desconcierto, donde no existían símbolos ni valores.

La voz de lo eterno tenía voluntad de reinar y homenajeaba a su soberana: Manuela que se deslizaba como un tren entre la niebla cubierta de fantoches y de sentimientos endebles. Miraba a Letizia jugar con Dolores y Laura entre las hortensias, los pinos y el leñero que albergaba algún ratón muerto propiedad de la gata Máxima. Esos despojos eran el reflejo de las huellas de Rocío con su aspecto mortecino que vagaban entre los ciruelos y los troncos cubiertos de brotes y de musgos.

Las calles desembocaban en ese jardín con la opacidad de lo indistinto y el gris de una libertad truncada por la desdicha. Todo resultaba ser tan oscuro que se desdibujaba y moría lentamente como los cuerpos cuando la humedad los corrompe.

Letizia se mezclaba con el moho de las tapias; añoraba la luz de otros tiempos y repudiaba la tiranía del presente. Se sentía completamente vacía de aire, quebrada por las inexplicables secuencias de una vida enferma. La única salida era escapar de su esposo a quien consideraba un hombre aburrido, sin sentimientos, demasiado abarrotado de lodo, sin memoria ni futuro.

-Lucía se llamará mi hija-decía como perdida en la maraña de sus caminos cubiertos de malezas y con la inestabilidad propia de las personas amenazadas.-Niña, amor posible, siento tu manera de llorar y tu forma de morir. Niña estás excavando la tierra en el templo de Rocío...-murmuraba otra vez mientras recorría las galerías con la sutileza de una enviada.

El viento soplaba con la fuerza de un temporal y entraba a la buhardilla para derribar los licores de Manuela que albergaban las sales que viejas befanas italianas le habían obsequiado en años de peligros.

La filosofía de Letizia era esperar el día para entender el porqué de su fragilidad aunque, en el fondo, ya lo sabía; llevaba sobre sí la mochila de su madre que sobrevivía a los antagonismos y a la claridad de sus raíces.

Manuela consagrada a un modelo de recato y fidelidad no miraba más allá de sus propios códigos, sin transgredir para que la gente no hablara pero también sin conmoverse ante los rechazos.

VII

Nació Lucía con un tulipán debajo del brazo. Letizia ama de las plantas, de los pájaros y de los felinos, no quiso que su esposo la conociera. Sin embargo, José solía trepar los almendros tropicales del jardín para observar a la beba con su madre. Desde lejos, le parecía algodonada e inmóvil, sin la milagrosa risa de las criaturas comunes. Lucía era extraña igual que Letizia, eso lo perturbaba por las noches cuando el humo del cigarrillo se mezclaba con el ladrido de los perros y el ron. José quería aclararse la voz con té de malva pero cada vez se le tornaba más áspera.

José estaba bebiendo mucho. Vivía en la campiña solitaria y solía vérselo con su traje negro caminar por los sembrados. La casa repleta de ropa sucia mostraba el abandono: los pisos resbalosos de tantas cáscaras de mandarinas, las sábanas manchadas con vino mientras las ratas llevaban sus crías a los albergues. Las arañas tejían redes playeras sobre los caireles junto a las cucarachas que gozaban de una libertad fétida y sin vigilancia.

Para José la vida sin Letizia y sus hijas ya no tenía sentido. A menudo, era juzgado por su conducta pero él no levantaba la vista del piso; tenía miedo al desprecio social y comenzaba a aparecer en su interior el terror de Manuela que no lo dejaba en paz.

Lucía, para él, era un bebé incompleto, un angelito con ojos de tristeza y blancura de nieve. ¿Había vuelto Encarnación como una novia empolvada o se trataba otra vez de Rocío?

En esa granja no existían las respuestas por eso decidió ir a ver a Manuela para saber algo sobre la salud de su hija. La suegra de José ya había perdido todo incluso la simpleza y sólo se conformaba con la compañía de espíritus y de un Dios que no se apartaba de ella en ningún momento.

-¡Qué buscas simplón!

-Necesito ver a la niña, por favor Manuela, soy su padre. Míreme, ¿qué ve?

-A un estúpido sin cabeza.

-No sea cruel, he venido porque me inquieta su salud.

-¡Qué sabes tú; aquí no ha muerto nadie!

-Le tengo miedo a los muertos, señora, porque son vigías en la oscuridad y ante las luces del sol. Pueden llevarse a quien más aman...

-¡Calla, perejil, el fuego del verano te calcinó tu cuero calvo!. ¡Vete!

Letizia apareció con Lucía en brazos y se quedó mirándolo como quien ve a un desaparecido.

-Ven, acaríciala…-le dijo.

José Rodríguez besó la frente helada de Lucía y un escalofrío que le recorrió el cuerpo lo hizo trastabillar y se desmayó. Julián le acercó un vaso de vino blanco y lo invitaron a cenar un arrollado de lenguado con camarones y crema.

-Hombre, pareces un ánima, debes alimentarte.

-Gracias-dijo José perturbado por una mezcla de malestares que lo dejaban sin raciocinio.

-¡Qué sientes, dime!

-Nada, Julián, debo irme, disculpe…

Se marchó sin mirar a nadie con la incapacidad física y emotiva que demostraba síntomas asociados con una depresión inminente.

En la calle, comenzó a caminar como ebrio sin noción del tiempo; quería abstenerse del pensamiento pero no podía evitar tropezar con la carita de Lucía que le parecía de piedra caliza. Ya no podía soportar lo peor; el amor le había consumido la sangre y ahora se hallaba sepultado debajo de la tierra y de las malezas en un lugar donde no se vuelve, pero tampoco deseaba regresar porque la palabra estaba dicha.

Letizia acunaba a su hija con aires de artista que había creado su máxima obra. Aquella idea era un delirio que le quitaba los pocos vestigios de cordura. Manuela y Julián volvían a dar señales de vida en torno a Dolores, Laura, Damián y Lucía. Apostaban al reconocimiento de la gente como personajes de bien; sin embargo, más de uno los señalaba por la difícil manera de encarar lo inocultable. De todas formas, parecían una familia que había sufrido las pérdidas casi sin reparar en ellas, con todo el dramatismo escondido detrás de las paredes y en la memoria: testigo de un terremoto existencial.

Las líneas del camino ya estaban trazadas y nadie dudaba en cambiar el rumbo; las barreras infranqueables, seguramente, serían derribadas como guerreros de Gujarac porque poseían todas las revelaciones al alcance de las manos. La prioridad, aunque no lo dijeran, era Lucía y su mirada frágil.

-Los ángeles usan la boca del prójimo para darnos consejos.-solía decir Manuela cuando, por las noches cerradas, hablaba con el retrato de Rocío que parecía escuchar su voz apergaminada. Esa niña y su sabiduría eran fiel a los milagros que, quizá, tenía olvidados porque Manuela rezaba tanto sus oraciones mientras esperaba una respuesta que no llegaba.

-Purifica mi alma, escapa del sagrario y ofrenda una posibilidad de dicha; viajera, regresa a mendigar caricias porque la oscuridad ciega tus ojos de agua. ¿Es el fin del mundo, verdad?

Manuela divagaba porque no podía ocultar el idilio que tenía con su amada hija pero tampoco deseaba cruzar la reja porque sus huesos arrojaban frío. Sabía que en el fondo de la sombra estaba la tempestad, un demonio que no entendía de bendiciones y con quien tenía que luchar hasta dejar la última gota de sangre. Por momentos, creía ser tan omnipotente como Dios pero luego caía en el silencio que da la incertidumbre con su oleada de presagios. Ella era la niña que necesitaba abrigo porque el espejo no tenía cara para enfrentar sus arrugas.

Julián seguía respirando a través de sus hijas y nietas porque aunque Rocío y Encarnación estuvieran muertas él sentía que estaban presentes. Las amaba tanto que hubiera dado la vida por ellas. Damián también era su refugio para enlazar historias aunque debía reprimir sus impulsos y ocultar las lágrimas porque el joven, de quince años, sufría desde tiempos pretéritos anorexia nerviosa crónica que dejaba casi desnudas sus entrañas.

-Abuelo, háblame de mi madre-le preguntaba a Julián que entornaba los ojos y colocaba las manos en forma de cruz sobre el pecho.

-Dile a Manuela, vamos anda…

-No, cuéntame de ella.

Esa noche entre las paredes añosas, mientras escuchaban de lejos los rezos de Manuela, el abuelo comenzó a hablar de Encarnación. Por primera vez desde aquel día, cuando se quedó solo frente a la tragedia, se sintió perdido y a merced de Damián que lo observaba como un ser incomprendido.

-Encarnación es, porque está aquí, bonita de ojos azules. De niña solía correr con sus muñecas sucias detrás de los gatos con la rebeldía de su edad y la sabiduría de un adulto. Contestaba mal, desobedecía a Manuela, pero con su alegría inundaba la casa.

-Muéstrame su fotografía-dijo de repente Damián.

-Hijo mío, no molestes más a tu abuelo que ya está muy viejo.

Damián, tratando de retener la bronca, se levantó, dio un portazo y se fue a la calle. No entendía el porqué de tanto misterio; necesitaba tanto comenzar a ser a través de su madre, olvidarse de sí mismo para conocer su origen. ¿Por qué amaba tanto a alguien que nunca había visto?

Y así fue como su mano movió el picaporte. Era incapaz de huir porque en esa casona se escondía su mamá, aunque fuera solamente un alma coronada de flores. Encarnación alborotaba el aire de los cuartos y algún día, quizá, con la ayuda de alguien, despertaría de la profundidad de los roperos con el cuerpo lleno de algas para cobrar vida en algún retrato.

Lucía cumplió tres años.

José, su padre, no la había vuelto a ver después de aquel día del desmayo pero sabía, por amigos de la familia, que la niña vivía en el umbral de las sombras. Él no podía hacer nada porque Letizia había llegado a odiarlo. Ella poseía la misma obstinación que tenía Manuela por la muerte, eran tan pasionales para todo que cualquier persona cercana resultaba insignificante. Solían tener conversaciones fortuitas con médicos en la iglesia, en la estación de trenes, en el cementerio… para que nadie sospechara que ocurría algo extraño.

En el medio doméstico en el cual vivían, Lucía solía pisar hormigas, acariciar las amapolas y arrancar los geranios. Jugaba con sus hermanas en un barco anclado en el fondo del patio; esperaba, quizá, el naufragio de ese Titanic que sabía que la travesía se interrumpiría en algún momento.

Aura y brillo, perfume de tulipanes, alguna gata Máxima y el retiro absoluto…

-Aunque estemos acompañados somos individuales; cuando el alma consume el cuerpo, la soledad asoma el vigor y se prepara para compartir el espacio que todavía se puede rescatar-decía Manuela.

Nada era tan trivial y tan monótono que escuchar las reflexiones de esa abuela pueril en momentos en los cuales la angustia se apropiaba de los corazones.

Lucía despojada de aire y en el fondo de una cisterna que se desbordaba por sus cultos, estaba comenzando a regalar sus pocos años a los espejos de agua, a la rigidez de las fronteras, a las vallas, al camino abierto… porque su fragilidad demostraba que estaba muy enferma.

Letizia ya lo sabía y Manuela mucho antes que ella. A medida que pasaban los días, la familia comenzaba a sentirse más angustiada. Cuando todos creían que se hallaba recluida, Letizia apareció en el portal en compañía de Manuela que era esclava de la resignación. Micaela, la vecina, quiso interrogarla pero Letizia la esquivó con altivez; se acurrucó en los brazos de su madre para que le diera la bendición y luego miró a los curiosos como si fueran criados sin apellido ni linaje.

Lucía sufría una enfermedad terminal y su mamá estaba dispuesta a luchar. Encendió diez velas al retrato de Rocío y se llevó la mano al crucifijo que llevaba en el cuello. Tenerlo le daba seguridad y cordura aunque desde ese día Letizia Costa Río comenzó a vestirse de negro; olvidó las lámparas y bujías y se refugió en las tinieblas. Solamente salía a la calle cuando llevaba a la niña a la consulta con los médicos.

José se acercó para ver el inicio del tormento y para ayudar a Letizia a recorrer ese camino de espinas, más allá de los desacuerdos y de la falta de amor.

Manuela, al verlo llegar, se sentó bajo el parral aspirando el olor del muérdago.

-A qué vienes.

-Por favor, señora, tenga piedad…

Lucía se hallaba sentada sobre un plumón, vestida con encajes bordados y puntillas de Valencia. Lo miraba seria como si estuviera en un rito bautismal y con la absoluta certeza de que ese hombre, para ella, era un extraño. Dolores y Laura también lo observaban tímidamente con los ojos hipnóticos pues casi se habían olvidado de él y de su rostro famélico.

José sufría muchísimo al ver a su familia destruida y a Lucía con palidez de oliva. La dolencia le daba un aspecto núbil de ángel escapado de los salmos.

-Mejor sería que envíe a alguien por ti para que te marches.

-Quiero ayudar a Letizia con el tratamiento.

-¡Pobre hija!, ella no necesita de un verdugo como tú. No pidas clemencia; demasiada miseria hay aquí dentro. ¡José Rodríguez eres menos desgraciado que nosotros, vuelve a tu braserito de peón a comer manzanas podridas, líquenes y plantas de azafrán!

José no quería entender que ya estaba todo dicho y que allí, en ese hogar, no había lugar para él. Sabía que Manuela era una madrágora que sabía de magia pero también entendía su sufrimiento. La miró de lejos besar un crucifijo y despertarse luego con el llanto de Lucía. En esa sala atiborrada de muebles barrocos, con las manos húmedas de lágrimas, Manuela yacía de rodillas sobre un reclinatorio; llevaba un mantón y parecía una virgen. ¡Qué antagonismo! A pesar de eso hubiera querido arañarle las vestiduras porque el egoísmo de esa mujer lo despojaba de todo razonamiento. Sin embargo, se marchó nuevamente a respirar el aire de los senderos, ver las plazoletas rodeadas de burdeles y los candiles de las barracas. En ese recorrido sólo lo acompañaba un amigo, fiel y varón: el alcohol.

En la penumbra, bajo el acartonamiento de los techos de su vivienda deformada por la humedad y los hongos, bebió hasta quedar dormido. Podría haber sido devorado por sus propios perros que no se hubiera dado cuenta porque se hallaba entregado a las letanías de María Santísima.

José parecía un anciano que carraspeaba con frecuencia y que hablaba del pasado.

-Tiempos eran los de antes…-murmuraba.

Tenía la tristeza de un ser en agonía pero todavía se preguntaba qué había hecho mal para llegar a ser despreciado de esa manera. Sobre un tapete de bolsas se acurrucó a dormitar y las sombras chinescas de esa noche lo cubrieron dejando al descubierto su respiración entrecortada. En el sueño, vio indios y corsarios, un aljibe con brocal de piedra, vírgenes y ángeles y su cuerpo amortajado dentro de un cofre forrado con encajes sevillanos; llevaba el traje de su casamiento pero estaba solo y el aire se filtraba por la galería y se llevaba las flores, las cruces, las teas, con truenos y rayos.

Quería pensar en venganzas pero lo único que le vino a la memoria fue la carita de su hija, el altillo donde Manuela guardaba las tisanas, la figura de Letizia alejada del mundo, sus ojos de vidrio obnubilados, el perfume el Aire Loewe… Él estaba a merced de su familia como un siervo, pero ellos ya lo habían olvidado.

Letizia con Manuela recorrieron los consultorios de las ciudades de Galicia, también se trasladaron a Combarro, un pueblo situado en la ribera norte de la bahía de Pontevedra. Allí, Lucía empezaría el prolongado tratamiento de la mano de su madre.

Después de escuchar el diagnóstico y los primeros pasos a seguir, Letizia y Manuela llegaron hasta el Monasterio de Poio, aquel que los monjes benedictinos fundaron a principios del siglo XIX y junto al cual se construyó un hórreo-despensa de piedra para almacenar granos y alimentos-que es uno de los más grandes de Galicia.

Recorrieron las playas con la convicción de que detrás de cada peldaño de las escaleras, del cemento o de la madera, de las casas de techo de paja o de tejas, aparecería el eco de las palabras del médico:

-La niña está en manos de Dios… ¡Se salvará!

Mucho de esa historia sabía Manuela porque la vida le había enseñado sus peligros pero nunca el misterio de tanto ensañamiento. ¿Tendría que rendir más pruebas todavía?. Ella sabía que no era libre. Letizia, en cambio, demostraba fortaleza en un cuerpo débil, pero no cuestionaba al Supremo la falta de protección. Ella tenía la prudencia de una mujer acostumbrada a enfrentar sorpresas y a poner garra, locura, machismo… para intentar, por lo menos, vencer las injusticias. Podría haberlo hecho junto con su esposo pero ya no le interesaba, ni siquiera lo odiaba; la indiferencia que él alguna vez sintió por ella y sus hijas había echado raíces en sus entrañas.

Letizia estaba sola y expuesta a los despropósitos de quienes trataban de vilipendiar su forma de encarar los problemas;

la derrota no era su meta. Lucía tenía que sobrevivir a la devastación de la enfermedad con la inocencia y el desconocimiento del peligro, con el desgano y las contradicciones de un padre ausente.

VIII

Entre llantos y sanatorios, iban llegando las noticias sobre la vida de José. Las traían los parientes de los Pueblos Blancos que lo habían visto en sus correrías, alcoholizado y nómade. Decían que tomaba psicofármacos para olvidar porque se sentía derrotado, pero también ingería pastillas de hierro y calcio para no caer en la postración. Sin embargo, un día se sintió mal, parado en el cincel del último sótano, donde a la persona se lo reduce a despojos. Tenía hepatitis. Nadie se acordaba de él; estaba a punto de morir pero se mostraba tranquilo porque ya no le importaba lo inexplicable. Su estado comatoso lo alejaba de aquello que alguna vez lo movilizó tanto.

-Déjame abierta la puerta que yo soy quien llega con mi espíritu descarnado y mi pellejo seco-decía afiebrado en una sala de hospital.

En ese momento, le pareció ver asomarse a la puerta de la habitación a una mujer vestida de negro, pero creyó que no la conocía pues no la recordaba…

-¡Tu palabra es el silencio!-le gritó.

Fue así como salvó la vida contra su voluntad envuelto en un sueño ultramundano y con la certeza de que él no había hecho nada malo.

-No debe beber más-le dijo el médico.

La casa, como siempre, con su pobreza deforme, lo recogió nuevamente; él seguía siendo un hombre rico que vivía como un indigente. Las glorias y los paraísos no existían porque los minutos habían quedado paralizados en la frase final, en el miedo, en el olor a tumba de los vestidos de Manuela, en su carro de mendigo.

Lucía ya tenía ocho años y había soportado los más crueles tratamientos. Era una niña dócil, inteligente y sensible; amaba los animales y, a menudo, daba cátedra de sus conocimientos con una madurez extrema que llevaba al límite de su oratoria.

-¿Por qué llorar por las cosas materiales si lo único auténtico son los sentimientos. Hermanos, amigos, mi perro, mis gatos… la verdad que muchos niegan: el amor.

-Tú vas a ser escritora-le decía Manuela orgullosa de las ideas de Lucía.

-Si Dios me da tiempo…

Manuela, al escucharla, otra vez le corría por el cuerpo el hielo de ultratumba porque sabía que existía una potencia ineludible que la arrastraba a la bruma. Ella, en ese cielo gris, era una discípula y se sentía una criatura más pequeña que Lucía; ignoraba lo que significaba ser una mujer adulta, con el caudal de fuerza suficiente como para hacer frente a los azotes, pelear, tomar el látigo y arremeter contra quienes creían tener la última palabra.

-¡No hay nadie en la casa!-se escucharon unos gritos.

Letizia volvía después de tres días de festejos con el cuerpo azotado por la bebida y la memoria velada. Seguía vestida de negro como hacía años cuando se enteró de la enfermedad de Lucía, sólo que ahora el disfraz tenía luces, mostraba los horrores y traía el peso de una persona al límite.

Ella creía que lo sabía todo y que su momento de ser feliz había llegado; debía aprovechar los años perdidos, no pensar en las calumnias ni en José. Era prematuro recoger cenizas de algún campo minado porque estaba frente a una nueva senda: la diversión.

Julián la miraba de reojo detrás de sus gafas; era incapaz de hacerle reproches porque la amaba mucho y sabía lo que había dejado detrás para salvar a Lucía. Manuela no comprendía tanta alegría porque ella sí tenía los pies sobre la tierra y la magia en sus manos de vidente.

Letizia seguía bailando desnuda sobre la terraza mientras Dolores y Laura la observaban como si nada pasara; estaban acostumbradas a sus delirios sin treguas. Preferían verla trastornada por la risa a muerta por el dolor. Sin embargo, ésa era justamente la máxima demostración de la angustia; para evadirse de ella probaba con la locura que al final del día y en las profundidades de la alcoba la volvía a acompañar quitándole aire a sus pulmones.

José, a pesar de la hepatitis, todavía no se rendía ante el alcohol y tomaba fármacos. Ya no encontraba un punto de unión con la vida; era bastante engorroso para él levantarse por la mañana después de haber estado tomando licores, cerveza, ron añejo, whisky de malta, oporto y jerez. Todos estaban buenos a la hora de olvidar pero luego ese paisaje que le era propio se le tornaba irreconocible, un cielo al revés que lo sumergía en un báratro donde las criaturas estaban adoctrinadas y él era el único ser despreciado por las razas.

A pesar de haber múltiples opciones, José no podía salir de ese abismo y como un autómata se dejaba llevar hacia la nada. La vida sin Letizia y sus hijas para él ya no tenía significado y absolutamente nadie podía persuadirlo para que tratara de sobreponerse a lo irremediable. José balbuceaba diversos dialectos en medio del corral de las vacas; no tenía miedo a lo desconocido porque su dolor físico y espiritual no le permitía una sola reacción. Él era dueño de su pasado y de ese presente que tenía sus razones y con el que se hallaba en deuda; José debía pagar.

Tomó una botella y la golpeó contra un poste de alambre y lloró mucho; no era ejemplo para nadie y menos para sus hijas que ya no lo conocían.

-Madrecita, tu paz eterna me llega…-decía mientras miraba el cielo-Estás entristecida por mí que soy tu hijo, tu desolación es la mía…

En medio de tanta desesperación cayó de rodillas con los ojos blancos; dejó la sangre y los besos, lo feo y lo hermoso, todo el oro y la tierra que tantas veces lo vio llorar, sembrar en el huerto, anidar pichones, temblar de miedo, arrojar las horas de soledad cuando se desgarraban uno a uno los ruegos.

Letizia siguió el funeral desde lejos mirando igual que una extraña cómo se iba una parte de su vida. No sentía nada. José era el único culpable de su destino por haberse abandonado a los vicios. ¿Debería perdonarlo? No lo sabía. Aquella bolsa de huesos era el padre de sus hijas que no podía suplicar; el hielo de la muerte le había arrebatado la esperanza.

-No existen fórmulas para quedarse o para partir; los paraísos y los infiernos están en todos lados. Sigue tu rebaño que serás libre…-murmuró Letizia detrás de la arboleda con su traje negro y los párpados cerrados.

Al regresar a la casa, por las calles, la gente la insultaba; trataban de descargar tensiones en busca de un culpable a tanta injusticia pero no reparaban en ese cuerpo vencido por la lucha repetida.

Las veredas se teñían del gris oro del otoño mientras la noche asomaba con sus liras a transgredir los espacios en la casona de Manuela y Julián. José había muerto por amor y seguramente su alma estaría atravesando algún confín para llegar a esa cercanía que le fue prohibida.

Letizia sintió frío y un temblor le recorrió la espalda; no hallaba claridad para sus interrogantes y la paz que tanto deseaba alcanzar se le tornaba esquiva como si estuviera escribiendo la primera página de una lenta agonía.

-¡Pobre niña! No sabe vagar con su silencio-dijo Manuela acostumbrada al sonido intermitente de la muerte.

Al otro día, Julián recibió una noticia escalofriante que llegó de boca de Alejandro Roca, el marido de Encarnación. Al parecer José Rodríguez no había fallecido y se encontraba en un hospital de Galicia en estado vegetativo. La ingesta de alcohol y de medicamentos lo había llevado a un estado de postración irreversible. Letizia, evidentemente, se había equivocado de entierro.

-Yo sentí anoche su presencia en la sala, algo sobrenatural se aferraba a los muros.

-No tiene ingenio ni para morir-dijo Manuela con un gesto sardónico.

-Mujer, es el padre de las niñas-contestó Julián.

-No, ya no lo es.

La noticia no cambió en nada la indiferencia de Letizia que seguía abandonada al jolgorio de las noches. Necesitaba dinero para suplir la falta de cariño y eso Julián se lo suministraba porque verla contenta le daba la fortaleza necesaria para escapar de la rutina y de la nostalgia.

Manuela rezaba la novena letanía mientras miraba a su hija coser lentejuelas negras en un vestido de fiesta. Había cruces esparcidas sobre la mesa entre los hilos. Dolores y Laura, que ya habían crecido, insistían en salir a divertirse con su madre.

Letizia Costa Río quería conquistar espacios porque se sentía por primera vez una mujer que podía encontrar al hombre que quisiera, sin importarle las leyes morales y los reproches de Manuela. Atrás habían quedado los carruseles, las armellas y cerrojos, el naufragio de su matrimonio… No le importaba la búsqueda espiritual porque el desafío la invitaba a sentir esa chispa de fuego en sus entrañas aunque estuviera un poco presa de las limitaciones. Letizia no sabía amar porque nadie le había enseñado, ni siquiera José que constantemente removía los escombros reclamando la atención que no tenía. Tal vez, era tarde para empezar porque el abandono había empobrecido la esperanza.

Cuando Lucía se sometía a largas jornadas de quimioterapia, Letizia cambiaba su traje de luces por uno más tormentoso y se recluía con Manuela en el altillo a leer el evangelio para escapar del rigor de la verdad.

Los domingos iban a la iglesia y eran leales a los pontífices y a sus sermones. Hasta el lugar la seguían los perros del barrio que luego se acostaban a dormir en el atrio. Manuela tenía la certeza de que lo que amaba debía morir, menos ella que sería eterna porque Dios la estaba poniendo a prueba. Sabía que había aprendido mucho; el bien y el mal estaban emparentados por la violencia de quien no pensaba igual. Entendía la maldad como fundamento del carácter pero la moral no tenía matices.

La gente, en el templo, las miraba con incredulidad, prudencia y ciertas reservas. Seguro que las culpaban por la enfermedad de José que seguía debatiéndose en el límite con su amor vago pero irrepetible.

Para Letizia la apatía de Dios hubiera sido la muerte misma porque estaba convencida de que, a pesar de las cruces que tenía que sostener, el Supremo no era una invención sino una compañía, la luz y la única elección posible. Ella no quería renunciar a la presencia incorpórea de quien todo lo puede aunque tuviera que arrastrar cadenas para sobrevivir.

-Quien salve su alma será libre de juicios, andará senderos fragosos bajo cielos agitados pero tendrá la humanidad en un puño.

-No sueñes porque cuando duermes mueres un poco…

-La vida es una trampa y sé que lo que más deseo no lo tendré nunca-le dijo Letizia a su madre al llegar a la casa.

Debajo del parral jugaba Lucía con un grupo de criaturas peludas, los eternos felinos de Rocío mientras el papagayo hablaba sobre un aro.

-¿Escuchas el dolor, mamá?-dijo la niña.

Manuela y Letizia se tomaron de las manos porque el piso las hizo trastabillar; el pasado caminaba en busca de la infancia.

En ese ambiente nadie estaba a salvo. No se escuchaban los pájaros, no había escarabajos ni grillos, sólo el fantasma que los sacudía hasta quebrarlos: la voz del duelo.

La ruta del miedo, a pocos kilómetros de distancia, emergía a la vista y atravesaba los hierros sin rumbo fijo. Era como estar en una gran basílica, donde los árboles eran tan altos que formaban terrazas e invitaban al sopor cadavérico de los cementerios. A Letizia se le heló la sangre; le pareció escuchar voces antiquísimas, el murmullo de los cafés saturados de gente, canciones que parecían sacramentos… y los ruegos de José.

Manuela se fue a su santuario y allí se desplomó gritando como loca frente a los retratos de sus hijas y el agua bendita de los jarrones. Hubiera querido ser una pobre anciana recogida en un asilo, sin presente y sin memoria. El aire se tornaba denso en contacto con los cirios y había aroma a mangos y a orquídeas mezclados con un perfume salino que le daba sueño. Tenía diez cajones colocados sobre espigones de caña en medio de libros y de biblias en varios idiomas que producían una sensación de encierro, de ceremonias y de risas.

Lo cierto era que Manuela no tenía una cultura demasiado versátil. Conocía los rituales piadosos que ya no le servían de amparo pero seguía siendo pupila de las imágenes de yeso porque sentía que era lo único que le quedaba; decir adiós era una palabra corriente.

Letizia no tenía paz, no creía en el destino, no sentía alegría ni pena, tampoco esperaba nada de nadie. Se había acostumbrado a resolver los problemas sola, sin el consuelo de su madre ni la presencia de José. Todos eran demasiado pueriles y frágiles o tal vez estaban muy preocupados por sí mismos que les daba trabajo ocupar, por escasos minutos, el lugar de otro.

-Mañana será un día más…-dijo.

José seguía mal; había salido del estado vegetativo pero le habían quedado secuelas neurológicas que lo transformaban en un hombre casi sin vida: la boca semiabierta, los ojos fijos y las piernas inmóviles. Nadie sabía si se acordaba de su costal de yute, de los hilados de los peones, de las maderas impregnadas de resinas... pero sí de alguien que, muy de vez en cuando, se asomaba a la puerta del cuarto vestida de negro. Él reconocía sus pasos y comenzaba a alterarse; extendía despacio sus brazos hacia la imagen que le daba miedo y curiosidad.

Letizia no sabía por qué iba a verlo; no quería desear su muerte pero tampoco intentaba reanimarlo. La cercanía de ese hombre que era el padre de sus hijas le agudizaba la memoria y le recordaba el dolor que le causaba, en el pasado, su ausencia. Hubo un instante en el que se miraron en un espacio íntimo y ambos experimentaron la sensación de algo ya vivido. José sintió un escalofrío al ver a Letizia; la venganza era una revelación que traspasaba la piel con su ardor. Su corazón de piedra no comprendía cuál había sido su error. Ya no quedaba tiempo.

Manuela y Julián se recluían en las salas de la casona a ovillar madejas de pelo de conejo y a contar billetes pues el control del dinero le daba acceso a la paz del espíritu.

Letizia entró a la habitación y en silencio se puso a mirar la blancura de la luna; su rostro se veía tan inocente como el de Manuela. Esa noche, Letizia era otra vez la niña llorona que temía a lo desconocido y que se humillaba sólo con un gesto. Observó, con detenimiento, a sus hijas y su alma se volvió otra vez fría y despiadada porque la sospecha de perderlas la horrorizaba y dejaba al descubierto otra Letizia: insana, negativa y perversa.

-Madre, tus espejos son tan negros como mi ropa.

-Purifica tu ser que el sol puede estar debajo de la tierra.

-La muerte no tiene fin-dijo Letizia con un hilo de voz y se retiró sin haber sentido un poco de calor en las palabras de sus padres que también se hallaban invadidos por los presentimientos.

Manuela sabía que Letizia podía enmudecer para siempre si algo le ocurría a Lucía. Moraba en ella la invalidez pero también los años de un luto que no podía inmunizar a nadie porque estaba demasiado arraigado y parecía no querer desaparecer entre los huecos.

El dolor era tan grande que no le daba sentido a la vida y agrietaba la piel dejando añosas nervaduras. Despojada de razonamiento lógico, Letizia esperaba como quien aguarda el último tren.

IX

Letizia regresaba bastante repuesta de las salidas nocturnas donde se relacionaba con hombres con estilo y cuerpos afiebrados. Cierta textura en su piel hablaba de una alegría que no presagiaba nada bueno.

Lucía, al igual que sus hermanas, se levantaba muy temprano para ir a la escuela. No esperaba nada de Manuela, quien las atendía, y se iba rápido como escapando de la persecución de sus abuelos. Julián se había convertido en un anciano meloso, con ojos pensativos y gafas de bibliotecario. Sin embargo, se movía con afán entre los pasillos con sus placares atestados de folletos informativos. Se exiliaba en el escritorio a cavilar como si escondiera un tesoro que debía custodiar en demasía.

-A veces, la paz se vuelve guerra para las almas-decía Manuela cuando lo veía absorto mirando la nada.

-Mujer, el destino nos deja sin respuestas. La tempestad se puede desatar en cualquier momento. ¿Tú ves a Lucía?. ¿La miras realmente?. Cruza el umbral de tu inocencia y piensa en la carita de la niña.

-El futuro es un rompecabezas que parece de humo.

-¡Basta ya!. ¡Deja de hablar necedades! Lucía lleva la vejez en su piel alba y la sabiduría de una mujer que ha llegado a sus límites, donde se tuerce el rumbo y se cuentan las horas.

-Lo sé, viejo. Tú crees que yo no sé lo que ocurrirá inevitablemente. Me conoces de toda la vida y todavía dudas de mis presentimientos, si los he tenido desde pequeña cuando me escondía en los roperos a leer libros de medicina.

Manuela y Julián, después de muchos años de no hacerlo, se abrazaron para llorar, como si juntos y aprisionados la tristeza fuera leyenda y no una derrota. La anciana prendió una vela para salvaguardar de los males a su familia.

El sol se desvanecía sobre los tejados de Barbastro. Letizia entraba a la iglesia de San Francisco y era observada por algunas mujeres que acariciaban las cuentas de sus rosarios, silenciosas pero alertas. El párroco que se hallaba en el altar principal acomodaba flores y manteles. Letizia se arrodilló; llevaba la cruz de nácar, el vestido de gasa negro y un sombrero. Su tristeza se remontaba a aquel día que el médico le habló de la dolencia de su hija cuando había posibilidades de salvarla; hoy le parecía remoto igual que el mañana. Ella miraba la gente que rezaba y pensaba que, tal vez, eran humildes desdichados que intentaban conversar con Dios.

De repente, comenzó a escuchar antiguas liturgias y entonces se abandonó a esa paz que transformaba su rostro inconmovible: esa coraza que la resguardaba discretamente de sus dramas. Cuando estaba en ese refugio no le importaban las fiestas ni los hombres porque de lo contrario se hubiera sentido egoísta.

Letizia se quedó en el templo hasta las cuatro de la mañana en medio de ese silencio que, como un remolino, aceleraba sus latidos. Ya no había caras achinadas, perros perdigueros y mujeres doloridas, sólo su mínima exhalación y sus preguntas. Todo el sacrificio era poco para intentar salvar la vida de Lucía pero también entendía que no estaba en sus manos ese rescate. No necesitaba el perdón de los superiores, solamente un poco de oxígeno y saber que la misión que alguien le había destinado no era en vano sino que venía cargada de esperanzas.

Manuela, en la puerta de la iglesia, la miraba con ojos llorosos.

-Mi hija ya debe escuchar el trotecito de los caballos y el sonido de las ruedas de las carretas.

Letizia tuvo la tentación de salir corriendo cuando vio a Manuela observarla con piedad porque le parecía la cara misma de ese hado y su desvastada ironía, pero, a pesar de todo, esas dos almas se amaban y volvieron a unirse para acortar caminos.

El tiempo pasaba entre los marrones y ocres, a partir de hechos casuales y de rutinas: migas espumosas, cafés, meriendas y salsas gallegas. José estaba en silla de ruedas en su casa de campo contando semillas de mandarinas cuando el cerebro se lo permitía. La cita de todos los días era posar como para un fotógrafo frente al ventanuco y deslizar una tiesa sonrisa de Gioconda. Parecía no conocer la realidad.

Manuela y Julián cenaron pollo perfumado con naranja en la cocina de la residencia y luego, tras una charla, se retiraron a saborear un coñac mientras intercambiaban ideas. En el patio, Rosario, la perra Collie, atacaba el criadero de conejos que eran defendidos por una docena de gatos.

Lucía dormía presa de los dogmas de la iglesia y Dolores y Laura habían salido a divertirse, a ver a sus ídolos de la música y a los jóvenes de su edad que, como toda generación, tenían sus códigos.

Letizia, en cambio, se encontraba a escondidas con Manolo Fuentes, un comerciante de la zona que, según decían las lenguas indiscretas, tenía dudosa reputación. Ella se sentía una joven en blanco y negro que jugaba con las secuencias como si los años no hubieran transcurrido. Manolo era extrovertido y parecía tirano porque su conducta despertaba desconfianza; Letizia lo veía un soberano a la altura de los clásicos, ya no había llanto ni furia solamente deseos de olvidar.

Manolo la acompañaba a los sanatorios y a recorrer las catedrales góticas; viajaban como mochileros y se sentían justos, con sed de venganza, porque pensaban que ésa era la cualidad principal de la condición humana.

-Sabes tú lo que es el sabor amargo.

-No porque le escapo a los malos tragos.

-Pues huyamos entonces a cualquier lugar porque acabarán dando en mi talón de Aquiles.

-Devuelve el alma a tu cuerpo y recupera la pasión que has olvidado porque eres linda y salvaje-le dijo Manolo completamente enamorado y ajeno a los sufrimientos de Letizia.

-Yo no soy la que ves.

-Veo un cuerpo frívolo y un alma doliente.

-Este disfraz mi querido Manolo esconde secretos y muchas personas en una sola. No necesito inventar espacios ni palabras porque ya estoy de vuelta de la vida. He sufrido tanto que todo lo que me rodea me parece superfluo, insignificante y carente de valor. Dios me está poniendo a prueba constantemente por eso desconfío de ti.

-Bueno… bueno… Letizia eres un tanto complicada para mi gusto pero bella y liberal, eso te convierte en un ser apetecible.

-Calla…

Letizia se enojó y se marchó del lugar mientras Manolo la observaba con una copa de jerez en la mano y una sonrisa mordaz.

-Ya volverás, pequeña, porque me necesitas.

Manuela estaba recostada esperando que su hija llegara a la casa porque su tardanza la preocupaba. Tenía un archivo de fotos sobre el regazo que acariciaba con amor, eran retratos de Rocío y de Encarnación que mantenía ocultos en el altillo lejos de la mirada de Damián.

-Vienes de una revuelta estudiantil-le dijo a Letizia cuando la vio atravesar la sala con los zapatos en las manos.

-No hables porque ya no tienes poder sobre mí.

-¡Qué buscas! ¡Contesta!

-Amor.

-Eres necia, recoge la armadura que llevas porque así nadie te verá.

-Tengo puesto mi traje de luto para que no encuentres nada de que avergonzarte. ¡Me miras! ¡Qué ves! Puedo cometer locuras con este aspecto y esta cara.

-Quieres revolución pero caes en el fatalismo. Haces bien porque debes estar preparada para el frío y el fuego; un autor está escribiendo demasiadas páginas.

Letizia sabía que su madre tenía razón a pesar de su bohemia y de su pobre carácter. Ella dependía de ese antro sobre el que se levantaban las ruinas de todos y cada uno de los humanos que habitaron la casa en sus mejores tiempos. En el patio, escuchó el vuelo de una urraca cariblanca que amenazaba con su presencia vigilante. No tenía miedo porque ya no reconocía los calendarios ni las cuerdas del reloj; estaba atrapada entre los gritos y el silencio pero aliviada por haber tenido coraje para combatir con la fuerza que le daba la debilidad. Miró a Lucía dormir en su cama y pensó en la felicidad de los niños, en esa falta de temor ante los riesgos y en aquello que desconocen totalmente: la muerte.

Julián bebía en la biblioteca. Se sentía culpable de no poder cambiar los presentimientos. No recordaba haber vivido años de paz y prosperidad. Todo le parecía lejano y, a pesar de tener fe cristiana, no podía entregarse al idilio que Manuela tenía con Dios.

"Siempre es tarde cuando las lágrimas se atreven a cortarnos el aliento y el sueño de ventura se transforma en invisible", pensó.

El temor a lo desconocido lo violentaba y lo transformaba en huérfano y minusválido pero, a pesar de su impotencia, debía demostrar fortaleza ante su familia y fidelidad a sus principios.

Quería atusar la llama de la esperanza en esos espíritus entregados al sacrificio y perdonar errores para poder seguir viviendo.

Manuela lo observaba cavilar con la mirada fija en la ventana que daba a la calle.

"Pobre viejo, no es el de antes, la derrota ha envejecido su rostro que ya no esconde la melancolía. El desasosiego es como una campana que repica frente a un hueco tan profundo que nada puede llenar."

-Te digo un secreto, te amo-le dijo Manuela a Julián que se sobresaltó como si le hubieran arrojado un balde de agua.

El 1 de julio amaneció lluvioso y fresco a pesar de que el pronóstico anunciaba temperaturas de 30º. Barbastro permanecía aletargada igual que si estuviera perdiendo la pureza en peregrinaje vacilante.

Letizia, agobiada por los calores del verano, se dio cuenta de que Lucía no se hallaba a su lado en la cama y comenzó a buscarla con la mirada; la descubrió desmayada en el piso de la sala. Manuela y Julián corrieron a socorrerla en medio de lágrimas y gritos. Letizia se inclinó sobre ella y la sacudió para obligarla a abrir los ojos.

-Quiero irme de aquí-dijo Lucía.-Mamá no vale la pena pelear en un mundo desunido donde se mezclan costumbres, sentimientos, ilusiones…

-Niña, calla, llamen a la ambulancia.

Lucía estaba por cumplir los quince años y ya no quería dar batalla. Su vestido italiano estaba sobre la cama, era blanco con piedras engarzadas. La adolescente se vestiría casi como una novia para celebrar la fiesta; sin embargo, se debatía entre la vida y la muerte. Conocía de memoria los libros de sacristía y sabía leer en las pupilas de los demás los secretos que guardaban…

La llevaron al sanatorio casi exánime. Cuando la acostaron en la camilla de terapia intensiva, su cuerpo se estremeció y un hondo gemido le oprimió el pecho. Comenzó a agitarse convulsivamente en un esfuerzo sobrehumano por sobrevivir. En su rostro bello se borró la expresión dulce de niña y envejeció varios años pero, al rato, en su último suspiro volvió a ser el angelito que olía a tulipanes.

Letizia cayó sobre una silla con la palidez de un paciente terminal que no necesita que le den energía para levantarse de la postración. Pensó en la magnitud de la pérdida; cuando un hijo se va la vida pierde valor.

Ella imaginó que no volvería a recorrer las avenidas de su infancia, ni escucharía el parloteo de cotorra de las vecinas, no vería jamás otra vez el perfil de los álamos al anochecer, no la arrullaría el canto de los cardenales, no sentiría el aroma a acacias en el balcón ni oiría a los gatos ronroneando sobre el tejado... Había perdido su alma y su cuerpo era una cavidad en donde no existía espacio para la claridad.

Manuela, rezagada en un rincón, lloraba abrazada a Julián que no podía mantenerse en pie. El miedo al peligro los vestía de riguroso luto; ya nadie podía defenderlos de la embestida pero tampoco de sus propias sombras. No eran dementes pero el destino los había trastornado.

-Quisiera cargar con los sufrimientos de todos.-dijo Julián.- ¡Maldita suerte! que nos lleva dando giros con el temor entre las vísceras. Manuela quisiera devolverte los años felices cuando paseábamos con Encarnación y Letizia por las plazas o cuando nos acurrucábamos bajo los tilos a mirar la ciudad mientras soñábamos con la libertad, entonces no imaginaba que la pesadilla se convertiría en una forma de vivir.

-Viejo, tú sabes bien que yo nací enferma a causa de los miedos; conozco los riesgos y la proximidad de las despedidas. Llegaré a anciana decrépita en una silla de ruedas, con un chal de lana, sorda y ciega, pero viviré para sufrir las ausencias de todos y cada uno de ustedes como voluntad de Dios.

Letizia huyó a los gritos del sanatorio mientras los encargados del sepelio de Lucía y los médicos se ponían de acuerdo sobre la partida de defunción y demás detalles ajenos al dolor; debían cumplir la difícil y la más cotidiana de las tareas que, a ellos, no los sorprendía. Exorcizaban la fatalidad con buenos recuerdos y aceptaban las órdenes sin creer en milagros ni en resurrecciones.

-Piensas que la vida sigue.

-Bobadas, cuando te mueres te comen los bichos.

Lucía pasó su última noche robando esperanzas a los minutos, en litigio con las reacciones de su cuerpo y la templanza de su alma. Ella sabía demasiado y esperaba poco. No existían las mentiras para alguien que conocía los estragos de una dolencia desde que era pequeña, el llanto de una madre que parecía enloquecer con cada uno de sus gestos, la preocupación de un padre maltratado por sus defectos insanables, los ruegos de unos abuelos que no podían disimular lo inexorable…

"La muerte arbitraria es una dádiva para aliviar los males físicos pero en la pureza, y a destiempo, se vuelve injuria."

X

-Hay que cerrar los postigotes cuando se van las personas y quedarse quieta en el jardín para sentir la brisa de la separación. Morir es poco cuando se va un hijo.-dijo Letizia a los familiares que se hallaban presentes para despedir a Lucía.

La casona, el cementerio, el espacio umbroso donde el fracaso atestiguaba las certezas en una eternidad impuesta, era la carga y una prueba más. Manuela archivada por sus presentimientos, destrozada hasta la carne por la continuidad de las desgracias y sofocada por la ansiedad que multiplicaba sus pensamientos negativos, no se atrevía a hablar; Julián estaba derrotado, la sombra del hombre de negocios que fue alguna vez había desaparecido tras el temblor de sus manos y la visión borrosa; Damián, Dolores y Laura esperaban a contramano el fin de los tormentos y la complejidad de una existencia marcada por alguien que los violentaba… ¿Habría que escapar de la residencia donde todo se dormía: la huerta, el nogal, los grillos, la perra

Rosario, las fragancias…? Huir de una libertad con portones de acero para tratar de acrecentar las ansias de un mañana posible.

Letizia, después del sepelio, se refugió en un cuarto junto a los crucifijos a respirar el aire de los muertos. Miró el placard y vio sus trajes negros: pantalones, faldas, vestidos, capas… No quedaba nada que diera un poco de vida a sus tristes atuendos porque todos llevaban un peso simbólico, espiritual, que marcaba el pasado en un presente. El futuro no tenía identidad.

Manuela se aproximó al dormitorio y sintió que la noche se le venía encima; ella todavía no había cortado el cordón umbilical y su hija estaba por traspasar las fronteras, parecía más longeva que ella misma. No lloraba ni reclamaba justicia a Dios sólo conocía el arte de la resignación en un mundo intolerante donde los humanos luchaban con sus egoísmos a cuestas para tratar de salvarse como sea, sin mirar al costado. Letizia estaba ordenando los capítulos de su existencia porque a nadie le importaba su porvenir. Ella sentía que si no hubiera nacido hubiera sido mejor, pero ya era tarde para lamentos porque la verdad era una sola: se había muerto su hija. La criatura que hablaba igual que un adulto y que la miraba a través de sus ojos fijos con su propio misterio, el que ella conocía desde su nacimiento. Nadie entendía mejor que Lucía los engranajes de la supervivencia, el porqué de los tulipanes en el retrato de Rocío, los miedos de su abuela, porque estaba predestinada a cumplir una ley impuesta de antemano por alguien que seguramente manejaba las doctrinas.

Letizia, lánguida y a punto de derribarse, parecía una viuda que se suicidaría al anochecer. Llevaba un crucifijo de platino que la amarraba más a los claustros donde ella decía que encontraría respuestas; sin embargo, su mente se hallaba vacía de preguntas como si su cabeza se hubiera quedado hueca de conocimientos, de recuerdos y de proyectos.

-Lamento mucho el fallecimiento de tu hija-le dijo Manolo desde la puerta del jardín con un ramo de camelias.

-Gracias, pero quiero estar sola.

-No escondas tus lágrimas, pequeña, que yo podría ser el bálsamo necesario. Puedes apoyarte en mis hombros que son fuertes que yo lloraré contigo y reiré también cuando tú lo quieras.

-Vete.

-No me rechaces ahora que me tienes porque mañana podría ser tarde para reconstruir la vida que es demasiado corta. Valórate porque los demás te amamos y queremos verte entera como siempre.

-¡No entiendes!

-Tu hija no va a volver.

-Yo necesito reunirme con ella por eso déjame sola para pensar, tú no sabes lo que significa quedarse sin tener a nadie por quien luchar.

Manolo quería entender a Letizia pero no podía porque no había vivido en la sordidez de los cuartos ni había palpado de cerca los documentos mortuorios.

Manuela tomó un botellón de jerez y dos copas.

-Manolo pídele matrimonio-le dijo.

Él caminó por la habitación con desánimo; era un hombre maduro en apariencias, educado, un poco cobarde pero sabía subsanar los errores.

-No creo que Letizia quiera casarse.

-Alguien le quitó la esperanza pero usted con su vehemencia tiene que tratar de contener sus sollozos y ser el sostén de un alma que no desea seguir adelante.

-No sé, me parece que no tendré fortaleza para enfrentar una relación riesgosa. Señora Manuela su hija no acepta ayuda porque cree que es omnipotente.

-Ella es virginal y reservada, prepárate…

Manolo comprendió que se acercaba el fin inevitable, ya no supo qué decir pero tampoco intentó escapar.

Letizia desde sus oscuridades escuchó la conversación.

"Cómo podría amar a ese hombre", pensó cuando se le mezclaban atropelladamente las miradas de José y de Manolo, pobres de honor, demasiado simples. Ella creía que mejor sería acostarse a dormir una siesta eterna en vez de pensar en esas cuestiones frívolas. Su madre quería manejar su destino y eso la convertía en una persona rebelde e impotente pero sin nada que decir.

Manolo, quizá, no tenía ganas de cargar con ese jergón mísero de huesos que ni secretos guardaba porque estaba seco hasta la médula.

-Le doy mi palabra de caballero español que procuraré aliviar las penas de su hija, pero no estoy convencido de que acepte mi propuesta.

-Tú vístete de negro que ella te amará-le dijo Manuela con la mirada extraviada.

Al otro día, Letizia fue al campo a ver a José que parecía un bebé dormido con la sonoridad de los villancicos. El amor de leyenda que había sentido por él al comienzo era el recuerdo de un eco que se filtraba por su cuerpo paralizado.

La casa rodeada de tinajas, jazmines y hortensias, lucía enferma por las inclemencias del tiempo. Como un ángel oscuro se acercó a una de las ventanas y vio a José con la cara transfigurada, casi sin dientes y cubierto de canas que le daban aspecto de abuelo centenario. Ese hombre, aun con su inmovilidad, la ataba a un pasado escéptico, desgreñado y sucio. No sentía amor ni piedad porque se hallaba inmune a los sentimientos; se retiró con la intención de pensar mejor cómo haría para acallar su voz silenciosa y esa presencia que, aun en lo más hondo de sus miserias y limitaciones, todavía la sublevaba.

José era un hombre que se aferraba a la vida sin saberlo, con un pie en el paraíso y otro en el lodo de los caminos inundados. Nunca había tenido suerte con las mujeres por ser demasiado solitario, poco comunicativo, callado y simple. Ahora se encontraba desprotegido frente al temor y la desconfianza, al verdugo y sus armas. Él no podía defenderse aunque llevara la sangre española pura no mestizada; en sus entrañas había mucho amor sepultado: Letizia, Dolores, Laura y Lucía que, bajo tierra, igual le daba aire para respirar.

-Le diré la verdad porque debe saberlo aunque no me escuche. Ya no puedo sentir misericordia porque yo no existo para los demás. Es hora de revertir las palabras escritas porque de lo contrario moriremos.

-Guarda los tulipanes porque los necesitarás.-dijo Manuela en los cuartos herrumbrados por la vejez de los cimientos.

Julián respiraba el aire de las plantas medicinales para lograr curar las llagas que las emociones habían ocasionado en su cuerpo y en su alma. No entendía las razones de tanta desgracia; le parecían falsas las creencias porque estaba rodeado de enemigos y de magos que se mudaban a la residencia en busca de atractivos.

-Padre, voy a salvar mi vida aunque me cueste permanecer al margen de los sentimientos y me agobie el vulgar placer de un hombre. En esta prisión voy a morir si no busco una escapatoria. No quiero someterme a nadie con sus palabras de ternura, pero siento que partiré cuando la larga lista llegue a su final.

-Hija, me entristeces aún más con tus ideas que deberían estar prohibidas frente a un anciano débil como yo.

-Perdona pero no tengo cómo sostenerme ante la impunidad y me siento marginada por una comunidad que no sabe lo que es descender a un pozo inimaginable.

-¿Qué piensas hacer?-le preguntó Julián preso de un estado febril que lo abandonaba en un claro desequilibrio.

-Voy a casarme con Manolo.

-No sabes lo que dices… Ese hombre es un ser ambiguo, extremadamente raro que vive amarrado a sus relatos mezquinos. No tienen nada en común, él no podrá contener tus arrebatos de angustia y hacer frente a la madurez de tu semblante a los ojos ajenos.

-Él es lo último que me queda…

Letizia dejó a su padre, tal vez, inquieto por las causas o los orígenes de las determinaciones de su hija. Julián sabía que ella estaba al borde de la locura y que buscaba estímulos constantes para poder continuar porque ya no podía manejarse. Casi no tenía identidad y los minutos se le convertían en horas que necesitaba acortar para llegar... ¿dónde? Las historias ancestrales eran las únicas que sabían cuando el camino ya no tenía salida.

Con todo el desequilibrio emocional de una madre sin su hijo, Letizia decidió ir a ver, nuevamente, a José para decirle que necesitaba el divorcio para poder casarse con Manolo. Quería borrar las crónicas del pasado con el anhelo de hallar un poco de paz. De alguna forma, se sentía fortalecida por ese hombre espontáneo y prometedor que la hacía menos vulnerable. Tal vez, a su lado se pondría metas y saldría de esa apatía y del escepticismo.

José se encontraba postrado en su silla de octogenario mientras miraba la decadencia de su chacra. Parecía hechizado y envuelto en una máscara destinada a sucumbir, pero la vio llegar y se dio vuelta para observarla... ¡Cuánto la amaba!

-Vine a decirte que Lucía ha muerto.-le comunicó Letizia con la veracidad de sus palabras sin límites pues no sentía piedad por él. Estoy intacta pero agobiada; trato de preservar algo del amor que me queda para no caer en la tragedia o en la locura. Necesito que me firmes el divorcio como puedas porque voy a casarme.

José parecía no escuchar pues se hallaba totalmente inmerso en un submundo de nieblas que lo convertía en un ser vegetativo y que ya no percibía las certezas o los errores pero, a pesar de su estado, Letizia seguía hablando sin parar y sin entender que José Rodríguez, su esposo, había iniciado una huída de los placeres efímeros. Cuando terminó con el monólogo, sin esperar respuestas, se marchó de la chacra que quedó sumida en un proceso de búsqueda sabiendo que la finitud de la existencia era su problema. Curiosamente, ese hombre inválido miró sus brazos y arrastró la silla hasta una mesita con licores, tomó unas pastillas y bebió de una copa un poco de alcohol. Él había escuchado lo que Letizia, con arrebato y pasión le había dicho; no existían opciones para José que, sin repudiar a su esposa porque la amaba, se dejó caer como quien se arroja de una cima. Tuvo el valor de acreditar la legitimidad de ese acto como una manera de afianzar su dignidad de persona cabal y sin dobleces: firmó como pudo los papeles que ella había dejado sobre el escritorio.

Pudo haber sido el más inepto de los hombres, incapacitado para amar de verdad a una mujer, pero sabía que debía cumplir con algunas responsabilidades sin dejarse influir por la soberbia de Letizia. José jamás supo por qué ella dejó de quererlo; tal vez negaba, por miedo, los defectos para él ininteligibles, pero en el momento de enterrar su cuerpo, cuando todavía su mente latía a paso acelerado, en la oscuridad de su última noche, pidió perdón.

XI

Letizia se casó con Manolo el mismo día que José murió. Ella vestía de negro como siempre y llevaba sobre los hombros un mantón bordado que había pertenecido a su abuela Francisca. El pelo suelto le daba un marco demacrado a su rostro y la avejentaba diez años; en el anular tenía una sortija de diamantes. Él también de riguroso color negro desfallecía ante los sentimientos desencontrados que su mente se encargaba de enredar para ultrajar, desde el silencio, la ceremonia. Era un hombre raro como decía Julián que no dejaba de observarlo con apatía de longevo que ha recorrido muchos caminos.

De luna de miel se fueron a Andalucía para recobrar las fuerzas; visitaron los balnearios termales, en el centro de esquí de Sierra Nevada, con la Alhambra de Granada a sus pies y los campos de golf. Un poco cansados por el itinerario, subieron a un tren de alta velocidad que unía Madrid, Córdoba y Sevilla. A Letizia le interesó recorrer las obras de los artistas de la talla de Pablo Picasso, Juan R. Jiménez, Federico García Lorca y Rafael

Alberti... Sin embargo, a Manolo sólo le preocupaba comunicarse con Barbastro; se lo veía distante y pensativo como si estuviera separado de ella bajo el mismo techo. A Letizia ya no le importaban los confines porque estaba haciendo un esfuerzo sobrehumano para lograr estabilidad en una relación afectiva que aparentemente la estaba sorprendiendo de manera negativa. Sabía que el riesgo era mucho pero el cambio constante le calmaba los nervios y las tensiones aunque no podía borrar su tortuoso pasado porque existían fragmentos, vinculaciones directas, haber tenido y haber perdido, el duelo de los días y Manolo: un hombre desconcertante que presentaba un patrón similar al de José Rodríguez.

"No, lo que ocurre es que mi parálisis cerebral no me deja ver", pensó convencida de que estaba buscando problemas donde no los había y que Manolo era la persona que le facilitaría la existencia a bajo costo y sin estridencias.

-Tienes la virtud de atraer a la gente, mira cómo te observan esos hombres.-le dijo Manolo a Letizia sentados en un bar.

-Son los vinos mistelas que están tomando que los vuelven ciegos y torpes.

-Eres rebelde y libre pero, niña, levanta la autoestima.

-Tú no sabes...

A Letizia le costaba vivir porque sentía un vacío que la hacía vacilar y el humor le cambiaba a cada instante. No sabía si podría llevar adelante esa situación porque el amor por su hija Lucía era más fuerte. Su luz brillaba a carcajadas mientras su entorno se nublaba; no quería ser egoísta con Manolo porque él también merecía ser feliz.

En la intimidad, se dejaba manejar como un títere y no le importaba cuando veía a su esposo frío y alejado; ella creía ser la mujer más valiente y provocadora aunque lo disimulara con los vestidos negros. Existía algo, tremendamente morboso, que la violentaba y al mismo tiempo la conducía por un camino impredecible. Letizia se encontraba acorralada, sin opciones, y con demasiados tropiezos pero ser sincera, en esos momentos, hubiera sido perjudicial para ambos. Debía permanecer en esa postura, tal vez hipócrita, para no caer en las dificultades anteriores cuando el amor de José no le alcanzaba para ser feliz. Con esos pensamientos, quizá, nunca llegaría a tener un minuto de dicha porque no había paz en su espíritu y se empeñaba en complicar los únicos minutos de tranquilidad que había logrado a fuerza de sacrificio.

Manolo no era el mismo de antes; ya no la contenía ni la hacía sentir segura y permanecía pensativo por muchas horas mientras esperaba llamadas telefónicas. La historia volvía a repetirse sólo que José la quería por sobre todas las cosas y Manolo parecía ignorar lo que significaba estar enamorado. Se hallaban inmersos en los vaivenes de las pasiones para tratar de romper las ligaduras y traspasar las fronteras.

Manuela recogía los tulipanes para Rocío y les servía chocolate con leche a sus nietos cuando volvían del colegio mientras preparaba alfajorcitos con nueces hidratadas. Decía que esos alimentos les daban energía, los revitalizaban y les mejoraban el pelo, la piel y los dientes. Más tarde, en la soledad de su cueva, recogía semillas, frutos secos y algas para preparar licores que, según ella, le devolvían el cielo a las almas y le regalaban ese mismo paraíso a aquellos que pronto dejarían de pisar ese suelo agreste y pedregoso. Manuela seguía soñando con la inocencia de la niñez porque el Todopoderoso, a quien consideraba su padre, solía gobernar utilizando premisas, formalismos y paradigmas diferentes. Demasiados cálculos matemáticos no la acercaban ni la alejaban de los riesgos, sólo que en ese reducto sentía que todavía podía controlar las voluntades. Sin embargo, sus miedos iban en aumento; Manuela dejaba detrás los días sin disfrutar de los momentos, como si corriera delante de sus pasos para llegar más rápido.

-Viejo te has consumido bajo las ruedas de tus autos.-le dijo a Julián que ojeaba un folleto de coches último modelo.

-¿Quieres que me narcotice con tus pastillas?

-Necesito que regreses al presente.

-Tú ya no cambias, mujer, con todo lo que nos ha pasado, yo no me explico cómo nos mantenemos en pie.

-Dios sabe lo que necesitamos.

-No me hables de religión porque con eso no hacemos nada. Es perder el tiempo.

Julián estaba tan grande como sus desdichas y no le quedaba aire para respirar. Era adicto a la desgracia en forma rudimentaria y estaba convencido que algo, muy temido, ocurriría en cualquier momento.

-Manuela ve a la iglesia de San Francisco y reza todos los rosarios que quieras porque yo no voy a mantener relación ni conversación con tu amo. Estoy muy dolido.

La historia avanzaba en cada capítulo y los personajes sospechaban las claves de los recursos narrativos. Las dudas ahondaban en cada uno de los roles desde el inicio hasta el posible final. Era un rompecabezas armado por alguien que no aceptaba contradicciones.

"La vida es una sola entonces por qué no rebelarse ante los fracasos, allí donde no existe un respiro y se torna difícil por su negación."

Letizia era una madre que recurría al manejo de lo absurdo para calmar la ansiedad que la transformaba en una extraña. Con Manolo trataba de jugar a ser feliz pero esa carga le resultaba tediosa y demasiado pesada para su cuerpo. Ella había sido una niña enferma y hoy seguía teniendo patologías propias de personas adictas a los sufrimientos. Dios velaba sus pasos y Letizia, a pesar de las contradicciones, le era fiel porque la ataba a la tierra y también al deseo de encontrarse con los seres que habían partido. Escuchaba las voces de Lucía y de Encarnación, los arrullos de la abuela Francisca y hasta veía la mirada inerte de José.

"Los muertos se llevan a quienes más han amado por eso Lucía llamó a la perra Rosario", pensó aliviada tratando conscientemente de tener un minuto de relajación en medio de tanto desconcierto.

No sabía cuál era el eje para repartir las horas porque se hallaba aislada en medio de danzas antiquísimas que los cultos le traían a la memoria: la Virgen del Rocío y el Sin Pecado, en Fox, villa de la Mariña de Lugo, se veneraba el San Lorenzo, en Sada, Arco de Antabro, San Pedro de Viveiro… En las tierras mágicas, música, banderas, luces de colores y pirotecnia… Allí, en su silenciosa cocina, el llanto y los pimientos de Padrón. La frivolidad mezclada con la mística y los homenajes, en un lugar o en otro, con la convicción de saber que somos finitos por más que oremos hasta el alba. Letizia, al asumir la muerte, estaba tratando de dignificar la vida con objetividad y deseos de superación aunque su salud mental la abandonaba en un hervidero de insectos.

-Tía necesito que mejores la cara porque eres la protagonista, la mamá de todos, el equilibrio de las paredes.-le dijo, de repente, Damián que entró por el pasillo llevándose por delante la puerta del zaguán.

-Tú eres demasiado joven para entender lo frágil que es la vida. Tus pocos años no te dejan ver los peligros y por eso cometes errores.

-Eres muy negativa, no es que dices que tu Dios sabe hacer las cosas.

-Sí, él es consejero emocional y puede liberar el cuerpo del alma. No duele eso, sabes… Al contrario, te eleva a la eternidad con tu rostro atemporal.

-Entonces si todo es tan bello, ¿por qué sufres?

-Porque yo también quisiera internarme por esos caminos pero es el Hacedor quien debe guiarme.

En ese momento, entró Manuela con una bandeja que contenía ajo y cebolla que, según ella, eran alimentos estimulantes y protectores contra diversas enfermedades. Damián, al verla, no pudo con su paciencia y se fue a su cuarto a escuchar música para aturdirse ante las absurdas y antagónicas ideas de su tía y de su abuela. Una quería morir pero no tenía coraje, la otra acumulaba hierbas curativas para vivir muchísimos años. Evidentemente, en las dos existía el miedo corrosivo que jugaba en la espesura de esos cerebros cansados. No era normal esa casa sombría con perfume a flores y mujeres heridas hasta las raíces. Damián quería conocer a su madre pero se sentía vencido por la complicidad que su familia tenía con respecto a ese tema. ¿Por qué escondían los retratos de Encarnación cuando los de Rocío se encontraban cubiertos de tulipanes?

-Tú tienes demasiadas teas encendidas, no es hora ya que apagues esas luces porque la humanidad no va a regresar.

-Letizia, tú no sabes los misterios porque, aunque no lo desees, debes salvarte con la madurez que yo no tengo para poder prescindir del miedo.

-Yo tengo ochenta años sobre mis espaldas, los huesos oxidados, el alma callada y un abismo. No siento miedo a nada a esta altura porque vivo bajo una techumbre negra como mis telas, porque no veo los trigales agitados de José ni recibo el amor con las prometidas luminarias de Manolo.

-Soy tu madre y sé que tu corazón aterido no tiene rumbo y que has cometido un error en casarte con ese hombre. ¡Tú no sabes elegir marido!

-Regresa a tu cueva y déjame en paz-dijo Letizia mientras se calzaba un sombrero que le tapaba los ojos.

-Ven acá. Eres cobarde porque no te gusta escuchar las verdades.

Manuela sabía que el tiempo agrisaba las almas y la piel y que se embargaba, a veces, de locura cuando la mente era débil.

-Suegra, qué delirio tiene ahora.

-Calla, hombre ausente, descarado… Tienes un laberinto poblado de matas en ese cerebro tormentoso. Deja de fastidiar a mi hija y define la situación.

-¿Qué situación?

-Tú entiendes bien, cara de piedra.-le dijo Manuela enojadísima con la convicción de que Manolo ocultaba algo oscuro y lamentable.

-Usted no tiene nada que decir de mí porque es su hija la que está aturdida, demasiado tengo que lidiar con su falta de cordura. ¿Por qué no hace algo para ayudar?.

-Impertinente.

Manuela se calló porque las palabras de Manolo la dejaban sorda. "Si alza la voz es porque no tiene razón.", pensó.

Él la miró de manera despectiva con algo de soberbia; trataba de encubrir un secreto que, tal vez, nunca se descubriría. Muchas veces se preguntó ¿para qué me caso con Letizia si está loca y falta bastante tiempo para que herede su fortuna? De alguna forma, se sentía atrapado pero no tenía necesidad de demostrar nada porque su destino era incierto, todavía un cascarón vacío.

En medio de la vorágine de voces cadenciosas, de algún Jesús crucificado, del mísero aire de Barbastro y los candiles sacerdotales, Letizia esperaba otro niño. Los licores de Manuela no habían hecho efecto pues toda la familia no quería que ella tuviera más hijos porque pensaban que su mente podría enfermarse por completo. Sin embargo, Letizia se hallaba presa de la alegría. La ropa negra le daba un aspecto pálido de monja oculta en un claustro del siglo XVI.

Manolo estaba contento porque creía que su primogénito traería reposo y allanaría el camino, pero la vida social lo mantenía un tanto alejado de la residencia devastada por la humedad y las lluvias. Su conducta exacerbaba la paciencia de Letizia que, aun en la intimidad y a pesar de los avatares de la rutina, conservaba cierta altanería de mujer rica. Ella no conocía la verdad que él mantenía oculta, quizá, por el resto de su pobre existencia, por eso se abandonaba a la palidez del embarazo; se sentía como Simonetta en un cuadro de Sandro Botticelli: inmortal y bella. Ya no existían los hechizos de Manuela ni los catedráticos ni los misales porque la espera de un bebé borraba el pasado con una pincelada.

Letizia volvería a sentirse útil, con la paz necesaria para cuidar a alguien que la necesitaba y que con su sola presencia le daba energía y una razón para seguir.

Manuela no podía creer que aquella criatura endeble que dio tanto trabajo estuviera sana como para enfrentar las contradicciones, los miedos, todo ese cuadro dantesco de realidades muy evidentes.

De repente, en medio de sus meditaciones, Manuela tuvo que salir corriendo porque su cuartito olía a cáscaras de naranja que se quemaban en un brasero, desparramaban el humo por el ventanuco e inundaban el patio con bendiciones y dádivas.

-Señor, este caldo es mortífero-dijo Manuela ahogada por la falta de aire.

XII

Para el nacimiento del niño, Letizia y Manolo se trasladaron a Zaragoza, lejos de Manuela, de los recuerdos y de Dolores y Laura que decidieron quedarse en Barbastro con los abuelos.

La casa que les daba la bienvenida se la había regalado Julián y era muy antigua con estilo barroco y fachada neoclásica. A Letizia le gustaba la historia por eso había elegido su nuevo hogar a media cuadra de La Seo: el palacio, patrimonio de la humanidad; en 1845 hospedó al Tribunal de la Inquisición y en la actualidad es sede de las Cortes de Aragón.

Manolo no quería irse de Barbastro pero luego entendió que, quizá, resultaría mejor alejarse del pasado. Lo que ambos no sabían era que ellos mismos arrastraban las consecuencias de un pueblo y sus costumbres, del armado de los senderos, de esa selva de cemento que contenía la infancia en cada paso.

Letizia recorrió los espacios verdes del parque Pignatelli con las mismas ropas pesadas y el mismo vacío de su alma. Miró desde lejos la Basílica del Pilar y pensó que no pisaría los umbrales del templo hasta no ver a su hijo. Sin embargo, necesitaba sostenerse bajo esos muros. Todo permanecía en su sitio como el último día y su nueva casona era sólo un antifaz que ya no podía encubrir las verdades.

-No te agotes fácilmente, mujer, seremos felices con el niño.

-Sí, seguro-dijo Letizia ordenando las macetas con begonias.

-Mira deja esos vestidos y verás que regresa tu razón de vivir.

-¡Calla!.Mírate tú. Gordo, pelado, a medio camino. No vuelvas a mancillar mis hábitos.

Ella se irritaba con cada palabra de Manolo, es que su frivolidad la descolocaba por completo. Letizia le hablaba con el alma y él le contestaba trivialidades; evidentemente, tenían proyectos opuestos. ¿Manolo se estaba pareciendo a José o era ella la culpable de la conducta de sus maridos, de sus reacciones intempestivas y del rechazo?

Frente a la casa, había un alerzal milenario y allí, sentado en un banco, Manolo pasaba las horas; leía el diario o atendía misteriosos llamados. Letizia lo observaba desde la ventana como quien ve a su marido en brazos de un amante, pero no le causaba dolor porque sabían que estaban juntos por alguna razón menos por estar enamorados.

De pronto, vio una escena extraña; un hombre se acercó a su esposo y comenzaron a hablar, al rato le pareció que discutían… Finalmente, el desconocido se fue dejando a Manolo alterado como una quinceañera a quien la rebeldía le gana su mejor partida.

Con las primeras gotas de lluvia, él cruzó la calle corriendo y se encontró con Letizia silenciosa que no había preparado la cena y que se hallaba recostada en el sofá de terciopelo con la mirada fija en el cielo raso.

-No tengo apetito me voy a recostar.-dijo Manolo incómodo y a punto de delatar sus culpas.

-Tampoco hay comida; mejor que guardes tus huellas como bienes de valor.

-Ya hablas igual que tu madre. Te pareces a ella en todo hasta en la falta de lucidez.

-¡Quién te obliga a permanecer dentro de este jergón de gatos!

-No quiero seguir escuchando barbaridades, es que nunca vamos a estar en paz porque los fantasmas de los antepasados nos persiguen hasta el mismísimo infierno.

-Tú eres el infierno viviente; no tienes valor para enfrentarme, aventurero, inescrupuloso…-le gritaba Letizia fuera de sí como si sospechara las respuestas encubiertas de quien, para ella, ya era un extraño.

-¡Déjame morir si eso te gusta!-le contestó Manolo con intenciones de que ella reaccionara y se arrojara en sus brazos.

-No estás obligado a conocer al niño, mal padre…

-Quiero estar solo, eres fría, ¡pobre mujer! Todo lo que digas no podrá molestarme más que mi conciencia.

-Pues mi intuición me dice que la tienes muy sucia-dijo Letizia, sin dudar, como una forma de hacerle frente y de violentar su rígida educación.

Él se sintió impotente y salió dando un portazo. Pensó que existían situaciones que escapaban a su dominio y que la soberbia dejaba paso a la vergüenza.

Letizia, turbada por la absurda reacción de Manolo, comenzó a llorar; necesitaría años para construir de nuevo su propia vida. Tal vez, nunca llegaría a salvarse de todos los atropellos, de la furia homicida que desnudaba su alma. Nadie entendía. El presente se tornaba inhabitable a pesar de las bendiciones que traería el nacimiento de su hijo. Recordó a Manuela entre los bebederos y los cántaros cuando prendía las teas e ignoraba cómo sentía una verdadera mujer.

"Ella sí debe ser feliz", pensó tristemente.

Manuela llevaba sobre sí la lucha encarnizada con los miedos desde tiempos inmemoriales; cada día era una prueba que tenía que padecer con sus enrarecidas ideas, con las vírgenes y los santos andaluces. Ella jamás creía que estaba a salvo de ser sacrificada aunque su mayor dolor no era su propia muerte sino la de los seres queridos.

Letizia quería volver a Barbastro pero así, en esas condiciones, alertaría a toda la familia que, seguramente, buscarían demasiadas respuestas en medio de una confusión general. Por ese hombre había renunciado a compartir la vida con Dolores y Laura, quienes habían aceptado a ese desconocido sólo con la remota posibilidad de que su madre se fortaleciera y que pudiera salir adelante.

Manolo estaba lejos de ser el enamorado ideal porque carecía de principios y era incapaz de poner el hombro ante las responsabilidades. Resultaba ser un personaje exótico y aburrido.

A Dolores se la notaba depresiva, casi no tenía amigas y cuando alguien la visitaba buscaba excusas para escaparse. Venía arrastrando lo negativo que se convertía en un trastorno que tenía consecuencias sociales. Damián había sufrido anorexia nerviosa en la infancia por causas asociadas a las pérdidas, especialmente a la ausencia de su madre y a la manera de ocultar la forma visible de su recuerdo; Laura, en cambio, se parecía a Encarnación, libre de prejuicios y dispuesta a transformar la realidad negativa en algo positivo como un cable a tierra, quizá, para aturdirse…

La familia sufría los mismos problemas; algunos sentían culpas, otros rencor e indiferencia pero era Laura la visionaria, casi una ilusa para la gente que, en medio de ese desorden, los miraba como personas muy solas y paranoicas que no eran culpables de las desgracias pero que tampoco demostraban debilidad frente a los demás. Por una inexplicable razón trataban de parecer fuertes, optimistas, cuando el fatalismo los obligaba a permanecer tras las cortinas con los ojos vidriosos.

El mundo inventado era más importante que el verdadero porque en él existía la tranquilidad del goce que las cosas simples traían de la mano. Allí, Manuela cocinaba, rezaba salmos y cantaba. Era la madre que vivía en un estado de gracia que ni cuenta se daba que había muerto casi toda su familia. Así la veía el pueblo.

"El optimismo es propio de las almas de una sola dimensión, de las que no ven el torrente de lágrimas que nos rodean por cosas que no tienen remedio."

Federico G. Lorca

Sin embargo, el disfraz se iba deteriorando y con él se ajaba la piel de aquellos que sólo se comunicaban con monosílabos. Todo era tan rutinario que Manuela tenía miedo a esa calma que siempre le traía malos pensamientos. Sus monstruos internos no tenían nombre pero se presentaban mirando de lejos para tomar la distancia justa. El reloj ya no marcaba el tiempo porque nadie se hacía cargo de sus propias sombras que en cualquier momento podían diluirse sin haber recobrado la esperanza.

Letizia, con su locura disimulada, era la protagonista que no podía descubrir la verdad que Manolo ocultaba tras el artificio de las caretas. En realidad, ella casi no le importaba porque con su apatía había olvidado en qué fecha nacería su hijo; decía que sería varón porque se lo anunciaba Dios y nadie más. Letizia jamás se había hecho un estudio para saber si tenía algún problema o si todo marchaba bien.

Una tarde, cansada de estar sola en la residencia de Zaragoza, se fue para Barbastro con su valija y dispuesta a quedarse con la familia. El misticismo de Manuela ya no la asustaba porque era peor la soledad de los cuartos en una casona poblada de fantasmas. Cuando la madre la vio llegar sintió que el mensaje había llegado a destino y la abrazó tan fuerte como cuando era niña para protegerla de los extremos a los que el temor solía llevarla para ajustar cuentas. En realidad, Manuela se aferró a Letizia con ferocidad para atrapar nuevamente la infancia de su alma que no crecería nunca. A su edad, se sentía hija de ella porque la necesitaba, aunque sabía que Letizia vagaba entre el delirio y la verdad.

-¿Has vuelto o vienes de visita?-le preguntó ansiosa con el delantal de cocina en las manos y la cara blanca llena de harina.

-Regreso a casa pero no me preguntes.

-Ese hombre insípido, ¿te ha lastimado?

-Deja el interrogatorio para después porque las dos tenemos muchas dudas.

Julián, fuera de control, la recibió con una ternura de viejecito melancólico tratando de reconstruir en unos minutos toda una vida. Con cierta alegría le llevó la valija a la habitación y luego desde el cincel miró a su familia reunida con nostalgia. Él era un hombre muy sentimental que escapaba a los prototipos, una luz blanca, clara, que huía de la oscuridad.

Letizia, después de una semana de haber regresado, dio a luz al niño tan esperado a quien llamaron Antonio; intentaron, con ese alumbramiento, comenzar una etapa feliz.

XIII

-Demasiados paseos a toda hora. Mira como juega con la arena.-decía Manuela alborotada al ver a Antonio correr en la plaza.-Cuida que no tropiece con los carriles… ¡Vaya, Dios, qué niño tan inquieto!.

-Déjalo que pueda vivir.

-Letizia comenzó a andar hacia el coche y Antonio volvió a su lado. Iba descalzo; sus pies demostraban familiaridad con el pasto y las piedras, los charcos, los sapos y los abrojos.

-Eres una veleta.-dijo Manuela en tono convincente.-igual que tu padre.

Letizia se incorporó al escuchar esas palabras.

-Te echaré a un horno de calcinación si no te callas. ¡Qué quede muy claro que Antonio es hijo mío y de nadie más!; no te asustes conozco los ardides. Tú odias a Manolo entonces para qué lo nombras.

Manuela, a pesar de su debilidad, gobernaba a todos con su dominio soberano. Sabía que Manolo detrás de esa máscara de mujeriego escondía un hombre apático; su falta de carácter y de deseos de superación rozaba, a veces, la estupidez. Encerrado en la casa, ignorando las responsabilidades, Manolo que se había casado con Letizia por capricho, ya no podía pensar solamente sentía un instinto casi animal de huir en busca de una verdad. Salió a la calle con la cabeza turbada y los ojos fijos. Así lo vieron desde el coche Letizia y Manuela cansadas de sus escapadas y de su desorden moral. Ellas no eran perfectas para abrir juicios pero sí para arrojar la ceguera a los infiernos.

-¡Morirás e irás a la tierra a echar raíces, pero serás despojo, lodo inservible.-gritó Manuela al verlo salir enajenado.

-Déjalo con su ignorancia que su voluntad lo llevará, jadeante, a su grosero vulgo. Después iremos nosotras a descubrirlo porque la seguridad sólo existe si sabes emplearla.

Letizia, aturdida con su rudimentario atuendo de monja de clausura, entró a la residencia con Antonio en los brazos. Se sentía desamparada ante la sociedad prejuiciosa que solía ser impertinente. Lo desconocido, lejos de detenerla, la impulsaba a cometer cualquier tipo de acto. Se creía capaz para enviar a Manolo a algún presidio inmundo. ¿Dejaría a Antonio huérfano de padre?. Se sentó delante del retrato de Rocío y los tulipanes la hicieron estornudar, hasta le pareció escuchar el ronroneo de la gata Máxima que apretaba un almohadón en la cama de su hermana.

Manolo avanzaba por lo alto del cerro que limitaba las minas del lado del Poniente; estaba llegando a Lacorta. Amadeo, acomodándose la camisa, salió a recibirlo. El anochecer era inminente. Se oía el mugido de las vacas en el establo y se sentía el aroma a heno en el pajar.

-Esa sombra negra ha destruido mis días.-comentó Manolo a Amadeo que lo observaba con una absurda mezcla de candor.

-Yo te aconsejé que no te casaras, sabes que el destino es reversible.

Callaron los dos; se hallaban emocionados por el encuentro. Ambos sabían que todavía era temprano para resolver problemas que a la mirada de otros resultaban confusos. Lo importante era la comunicación, dejar viejos prejuicios y no tener que dar más explicaciones. Manolo se encontraba petrificado frente al sentimentalismo de Amadeo porque no se atrevía a cruzar el límite.

-Mátame, Amadeo, no quiero que Letizia me vea así. Soy cobarde y estúpido para apartar mis ojos de la realidad que tú me pintas.

-Tienes que seguir tus propias premisas y olvidar a esa mujer y su locura evidente.

-Es que tenemos un hijo pequeño que amo con toda el alma, lo demás ya no me importa.-dijo Manolo con la vista ausente junto al portón de hierro cuando el sol se filtraba por la cortina de hilo.-Estoy estresado porque son muchas las presiones.

-Es que la verdad es una sola; existe un mundo de ideas, sensaciones y pensamientos a los que podemos comenzar a aproximarnos si nos atrevemos al cambio.

-No quiero tener una preocupación más en medio de ese torbellino que ya me está llevando a padecer síntomas psicofísicos.

-Hombre… con más razón.-le contestó Amadeo totalmente ajeno a los problemas inmediatos que Manolo tenía con Letizia y su familia.

Los dos sabían que en la sociedad existían todavía muchos prejuicios para aceptar esos planteos y, en medio de la ambigüedad reinante, Manolo, quien sufría demasiado la doble personalidad, no se atrevía a reconocer su elección de vida.

Así, en medio de tanto disturbio emocional, abandonó a Amadeo y corrió a los brazos de Letizia para encontrar la respuesta a la pregunta que no se animaba a formular.

-Vienes de estar en algún báratro porque hueles a fuego.

-Es que jamás vas a recibirme con un gesto de cariño.

-Tú eres un hereje y pretendes misericordia. ¿Dónde has estado? Contesta… No ves que eres cobarde hasta para ocultar tu sombra.

-Deja de hablar como tu madre, corrige tus errores cien veces que son demasiados y si puedes trata de comprender a un hombre confundido.

-¿Un hombre?

-¡Sí!-gritó Manolo con la magnitud de la voz, conmocionado y reprimido; intentaba decir lo que no podía guardar.

-No hace falta que finjas, vete a un psicólogo o revuélcate en el lodo, ya no me haces falta, pero recuerda que yo te estaré mirando cuando te escondas en tus obscenas oscuridades.

-No tienes fundamentos, no sabes nada.

-Sé más de lo que tú crees pero déjame un tiempo para averiguar, aunque tus cicatrices te delatan demasiado.

Manolo casi no la escuchó porque su forma de decir las cosas lo había cansado hasta el hartazgo. Su memoria, con trampas y recodos, lo colmaba de dudas y, a veces, lo inmovilizaba sin poder llevar a la acción todo lo que realmente deseaba. No podía sacar conclusiones ni tomar una decisión porque los engranajes de sus momentos iban moviendo los espacios que ocupaban las personas más queridas formando un entramado de relaciones necesarias. Miró a Letizia con desconfianza y, sin tapujos, quiso decirle que su lucha interna se debía a la existencia de otro sentimiento, pero al ver sus ojos irónicos pensó que ella no lo entendería nunca.

Letizia estaba desestabilizada porque en realidad no sabía nada concreto, solamente trataba de intimidarlo para ocultar sus propios miedos. Su vitalidad, más que nunca, se hallaba disminuida pero necesitaba ser fuerte y adulta; para eso tenía que afrontar los hechos y no huir de ellos. Manuela no le había enseñado a crecer a pesar de los sufrimientos porque en ese mundo asolado por las urgencias, el egoísmo, la individualidad y el materialismo, ella había pedido siempre ayuda y había dejado la solución de los problemas en manos de otros. Letizia tendría que buscar culpables por sus propios medios, ser libre y elegir el camino, ganar experiencia sin desobedecer sus convicciones.

-En qué piensas-le preguntó Manuela con el ceño fruncido y sin capacidad de asombro.

-En el olor a campo que tenía Manolo en sus ropas. También vi llamaradas de fuego en su piel como si tuviera hambre de agua.

-¡Qué disparates dices!

-Lo que vi en él: un hombre miedoso, sin gestos, con un pasado maduro y descalzo en un presente ambiguo.

-Yo lo dije siempre, es un tipo mediocre que no sabe perder porque nunca ha ganado.

-Se nota que tiene tensiones internas pero todavía no puede leerlas.

-Me parece que es pura pasión-dijo Manuela tratando de recrear la fisonomía de Manolo a quien creía un personaje que carecía de contenidos.

-¿Pasión? ¿A qué? ¿Con quién?, si es un autómata sin proyectos ni coherencia.

-Ese hombre tiene una filosofía de vida, casi irracional diría yo. Niega su origen y admite que existe otra posibilidad, tal vez, definitiva para él. Vive entre la contención y el abismo, en un debate propio que lo aleja de la teología cristiana y de los conceptos justos. Una persona lúcida, transgresora, lo hostiga a pelear contra la ley natural.

-No entiendo…-dijo Letizia totalmente abstraída por los comentarios de su madre que consideró siempre absurdos pero que en ese momento le parecieron verosímiles.

-¡Pobre hija!, eres inocente pero abre los ojos a los conflictos que Manolo tiene con su propio yo. No oculta su resentimiento, le molesta todo lo que lo rodea, está en un lugar, aparentemente tranquilo, y al rato escapa como si huyera del pecado hacia la redención.

-La mayoría de la gente comete errores.

-Él sólo quiere exiliarse, acostúmbrate a pensar que en cualquier momento desaparecerá porque ya no puede manejar sus instintos.

-¿Hablas de otra mujer?.-preguntó Letizia enferma de tantos enigmas.

-Una mujer detendría su marcha.

-Entonces…

-En las complicaciones del amor la diplomacia es incompatible con la pasión. Existe un amante que se lo lleva muerto.

-Tengo que sorprenderlo aunque ya no sienta nada por él.

-Niña, cuidado, prepárate porque la sorpresa será muy grave para tu sensibilidad. Ese hombre es un pigmeo y no merece una lágrima aunque tengas un hijo con él. Sus errores ya son desechos.

Letizia, aturdida por las palabras de su madre, luchaba entre el horror y el miedo. Su matrimonio tendría que terminar pero antes buscaría la forma de desenmascarar el rostro inclemente de Manolo a quien consideraba un pobre infeliz desmelenado y ardiente.

Dejó a Antonio con Manuela y se fue a la calle con rumbo desconocido; quería evitar combates inútiles pero la situación, que aún ella ignoraba en su totalidad, la convertía en una persona irascible, furiosa y tal vez insana.

El dorado del otoño rodeaba el verde de las higueras que guardaban pasos ocultos mientras su cuerpo se encendía y la alejaba de los sacramentos redentores. ¿En dónde estaba parada y hacia dónde iba?

Por una calle cercana a la plaza de la Virgen y sus romerales, vio que se acercaba Manolo en su coche. Letizia llamó a un taxi y comenzaron a seguirlo por las avenidas de Barbastro como cazadores furtivos. El asombro fue mayor cuando ella vio que el auto que conducía Manolo se alejaba de la ciudad rumbo a Lacorta. Como hechicera de monte se cubrió la cara; el aire olía a cigarrillos turcos en medio de la carretera asimétrica.

Desde lejos, pudo divisar las blancas paredes de la residencia de Amadeo rodeadas de pérgolas, de fuentes y de escaleras de algarrobo. Tendría que encontrar fuerzas para enfrentar a su marido con esa mujer y decirles a los dos, con dignidad y apostura española, que ella era una dama y que lo sabía todo.

Se acercó al ventanuco iluminado por una vela flamenca y allí en el revuelo de las sábanas estaba Manolo y a su amante. Se llevó las manos al rostro y se desplomó sobre las piedras junto a una pecera de cemento. El taxista la ayudó a incorporarse y la llevó de regreso a la ciudad con el cuerpo helado y alterada por una confusión que le provocaba escalofríos y le quemaba la sangre.

Manuela, al verla llegar en esas condiciones, se dio cuenta de que su hija había descubierto el secreto que ocultaba Manolo. Ella ya lo sabía porque la sabiduría del alma y el estudio minucioso de los gestos de ese individuo ya se lo habían contado, sólo con significados.

Letizia seguía sin salir de su asombro después de aquel hallazgo. Recordaba las conversaciones que habían tenido semanas atrás, su persistencia en el amor y la obsesión de permanecer unidos al mismo tiempo que su desconsolada incapacidad para quedarse a su lado. Sin embargo, al margen de tantas conjeturas, lo que había visto era cierto. Manolo le entregaba la vida a otra persona, con su carga de inseguridades y de cinismo. Tendría que pasar del descreimiento a esa realidad, para ella, aberrante.

Lo cierto era que Manolo, con su vergüenza a cuestas y su destino confuso, no podía definir la situación. Caminó como un fantasma la distancia hacia la residencia y entró despacio sin hacer ruido.

Auque hubiera llegado vociferando, deshecho de tristeza y soledad, nadie lo hubiera mirado. Letizia se hallaba recostada observando el cielo raso, buscando su esencia y algo que la rescatara nuevamente del horror de la destrucción. Manolo se acomodó y los dos se quedaron horas, tal vez toda la noche; contemplaban el techo con los ojos vidriosos sin intenciones de hablar ni de escuchar.

El silencio era la prueba irrefutable de la existencia de aquel otro ser que los separaba. El corazón de Letizia, expuesto y vulnerable, latía despacio tan cansado como su cuerpo. No quería oír absurdas explicaciones, no le importaba la pasión de Manolo que se cocinaba a fuego lento en las cenizas del fogón de aquel hombre.

Al otro día, frente al pabellón de las hortensias, Manolo con la valija se despidió de Antonio. El niño lloraba; a Letizia se le destrozaba el corazón y se preguntaba cuánto dolor todavía tendría que padecer por los errores cometidos.

-Ese perejil tiene la carne hecha brasa, deja que esos vahos los respire otro, hija mía.-dijo Manuela como una vieja santurrona que trataba de aliviar la furia en los ojos de Letizia.

XIV

Entre los trastos húmedos de lágrimas, Letizia trataba de ocultar la magnitud de lo vivido. Ya había renunciado a los sueños que la habían obligado a endurecerse y a perder de a poco la cordura. Su mundo había sido violentado por la falta de principios, la desvalorización y la crueldad de la vida que le tocó en suerte.

Vestida de negro desde aquel nefasto día que se enteró de la dolencia de su hija, permanecía absorta, casi autista, en su camastro desmantelado. No quería que nadie lo limpiara ni lo ordenara mientras la herrumbre se filtraba entre las hilachas de sus ropas.

Manuela lloraba más que nunca en su templo rodeada de decenas de hierbas, sales, hongos, laureles y vinagre. No sabía qué tisanas preparar para alejar el demonio de la cabeza de su hija que se abandonaba al mutismo total.

Julián ya no preguntaba porque el aire enrarecido le demostraba que todo andaba mal y que su familia destruida por el destino no podía hacer frente a la perfección de los excesos. Él no tenía las armas para asegurar la perpetuidad porque sus huesos parecían anestesiados. Se miraba en el espejo y veía sus rasgos faciales distorsionados y envejecidos, sin movimientos de expresión. En ese momento, pensó que era otro y que se hallaba en el principio de su fin.

-Para qué vivir, para esto…-dijo con un hilo de voz mientras miraba las habitaciones, las lujosas estatuas, el brillo de la riqueza que ya no le servía para nada.

Nadie le garantizaba la felicidad ni siquiera el dinero que, dicen algunos, todo lo compra. Casi en el final del camino no hay poder ni riqueza que pueda anular la orden que dice: "ahora te toca a ti…" y al tener tantas pérdidas cercanas es cuando la muerte te golpea más para que reacciones. Julián hacía mucho que estaba involucrado sólo que no creía en otra vida; Manuela, en cambio, se mantenía fuerte justamente por esas creencias.

-Allá están mejor. Nos encontraremos algún día. Sin el paraíso, la tierra no sirve para nada.-solía decir.

El lenguaje de sus antiquísimas teorías acaparaban su memoria y en ellas no había diferencias. Lo antagónico era que, a pesar de creer en el edén, tenía temor a abandonar a sus seres queridos con las amenazas, las estrategias, el materialismo, las mentiras y la angustia permanente.

Manuela observaba a su pequeña Letizia desquiciada por completo y cerraba los ojos para no enfrentar la realidad que la desestabilizaba y la sumergía aún más en el laberinto existencial. Ella sabía que tenía que cuidar a Antonio, a Dolores y Laura y hasta a Damián que ya estaba grande. Esa era una razón para vivir que le daba la entereza; se sentía útil porque los niños, a pesar de sus rarezas, la amaban.

-Abuela cuéntame el cuento de la bicicleta roja. Abuela arréglame el vestido para la fiesta, el color ámbar, vamos que ya es tarde, no rezongues… Abuela habla de mi madre…

Dónde estaban las salidas a tantos reclamos; ella debía trabajar para complacer a esas almas que dependían de su abrigo de mamá grande que lo sabía todo. Sin embargo, Rocío, Encarnación y Lucía ocupaban sus oraciones que se potenciaban con el aislamiento y la soledad interior que, a veces, la embargaba en las noches de tormenta cuando encendía las velas púrpuras frente a los retratos.

-La borrasca acerca a las almas a sus moradas para que con su cobijo puedan reconocerse.-decía alterada por la confusión.

La residencia parecía tener sus formatos reducidos y las imágenes se proyectaban casi deslucidas por los artilugios de la mente. La verdad concreta había llegado a la frontera de lo inverosímil.

Letizia rezaba en su habitación con sus ideas fragmentadas; recordaba el campo de José donde las combinaciones infinitas se presentaban puras y sin montajes, desde los terrenos arados hasta el arrullo de los pájaros en los ramajes cuando se acercaba la noche. Había sentido celos de lo senderos porque se habían llevado el amor de José, pero creía que era lo más auténtico que tenía a la hora de evaluar lo negativo de los días. Ahora aquello le parecía evanescente e inasible por el simple hecho de hallarse tras la reja de una prisión concebida con su único código: aceptar las reglas impuestas.

Manolo, en cambio, había ultrajado su buen nombre caminando en dirección contraria, con el egoísmo de una persona que esperaba recibir sin haber dado. Sus pensamientos y actitudes ya tenían explicación; parecían inventos, deshechos de un cerebro mezquino, la ignorancia de alguien que, de repente, se encontraba frente a su historia teñida de imposibilidades y de interrogantes. Manolo era disperso y crítico pero no pretendía más que su propia miseria: escapar de Letizia para caer en brazos de otra persona. La simple tentación de un hombre que buscaba, en esos momentos, allanar la salida de ese estado de tutela.

Letizia, en ese cuarto atiborrado de polvo, pensaba en el exilio; trataba de delinear sus posibilidades para abrir un camino nuevo, sin coherencia y sin memoria. Su cabeza se hallaba a cien años de distancia; ella escuchaba voces desde el más allá con la engañosa sensación de ser un ánima que no necesitaba del espacio terrenal.

Las creencias de Manuela, en cambio, la mantenían viva y con fortaleza pues pensaba que la vida no era sólo nacer y morir sino un eterno camino que empezaba y que nunca llegaría a su final.

-Pobre niña ve el pasado como un mal recuerdo, pero sé que quisiera recuperarlo original y puro, hermoso…

-Los que han partido han engrandecido el futuro pero también han ensuciado su fachada con un dolor permanente.- contestó Manuela a Julián que se hallaba recostado en el sillón hamaca con el pelo furioso y blanco.

-La esencia no se pierde.

-Letizia ha enterrado su propia libertad, la resistencia, los errores y las penurias. Ya no tiene alternativas… Nada es igual porque el descanso eterno está arraigado a estas tapias y cimientos con el poder de comunicar que no hace falta derramar más lágrimas o esperar con fe la alegría de un porvenir.

-El dolor siempre es el mismo.

-Cuando la tristeza gobierna la cabeza, te ahorca un lazo que desvía el aire como una cruenta y amenazante embestida.

Letizia escuchaba tras el vidrio esmerilado de su habitación; tenía preparada la valija para partir a otro sitio donde seguramente terminaría quitándose los misterios.

Se amarró al hueco de la pared como si temiera caer en un pozo ciego y se tapó los oídos cuando llegaron sus hijos. Pensó que debía escapar al amanecer para no ser vista por los vecinos a quienes consideraba gente aburrida que se alimentaba de los vicios de los otros.

Letizia, vestida con su uniforme negro, se quedó agazapada detrás de las cortinas y gritó que no quería comer cuando Manuela intentó acercarle un plato con la cena.

-Mañana borraré mi rostro con el arma que otros han puesto entre mis manos.-dijo murmurando bajito.

Al otro día, cuando Manuela golpeó la puerta del cuarto de su hija, ella ya no estaba. El ambiente, petrificado por las telarañas, olía a azufre. La ropa esparcida como al descuido parecía un manto lúgubre que anunciaba un luto cercano. Una escena sin luminarias que mostraba una cavidad ahogada por el pesimismo, el abandono, los secretos y la cobardía.

Manuela la llamó a los gritos por la casa con incertidumbre y ansiedad, pero nadie respondió a los reclamos. Apareció Julián con el pijama aterciopelado, el bastón y las gafas a medio andar.

-¡Viejo, Letizia se ha marchado… Tengo miedo, es una niña!

-¡Es una mujer!-gritó Julián a punto de darle un paro cardíaco.

-Sabes que no está bien de la cabeza y que no puede dialogar ni expresar lo que siente. Vamos, vístete, tenemos que encontrarla.

A la media hora, toda la familia salió en su busca. Recorrieron las plazas y los puentes, los hospitales y las comisarías, pero nadie supo darles una pista. Letizia, quizá, se había borrado el rostro y permanecía oculta entre los ropajes funestos tratando de resucitar para darle un minuto más a su convalecencia. Ella había sido una persona frágil que no pudo llevar la mayoría de edad con el temple suficiente como para enfrentar las desgracias. Nunca tuvo doble personalidad porque su alma se hallaba al desnudo frente a la impotencia y frente a las únicas posibilidades que el futuro le daba. Siempre quiso salvarse, tratar de esconderse de los minutos que un reloj le mostraba porque sabía que él tenía las armas para gobernar sus pasos.

Letizia, una mujer con credos, tal vez no pudo aferrarse a la fe y sobrevivir con toda la carga de una realidad en blanco y negro.

Julián y Manuela estaban desconsolados pero tenían la esperanza de encontrarla en algún lugar. Dolores y Laura sufrían en silencio pero no sentían la falta porque Letizia siempre había sido una madre ausente. Manuela ocupaba ese lugar con su inmadurez y sus defectos pero le sobraba amor para dar. Siempre lo sintió así y nunca nadie tuvo que decirle lo que tenía que hacer porque ella se dejaba llevar por los sentimientos y por esa perfecta abstracción en la que hasta el miedo y el dolor en ocasiones están ausentes, en la que una persona parece oír y hasta vigilar su propios pasos: el irreparable curso de los días.

La casona estaba iluminada por lámparas de petróleo; se escuchaban las campanas de la iglesia.

-¿Quién habrá muerto?-le dijo Manuela al retrato de Rocío.

Su cuerpo sedentario se tornaba gris e invisible; se acordó de la valija de cuero de su hija, de los ojos de porcelana y de su rostro avejentado por las fuerzas sobrenaturales. Manuela se sentía huérfana en ese espacio helado. Miró hacia el patio; la figura de terracota de la fuente parecía un cuerpo que avanzaba entre las palmeras y el jazminero. No podía entender la destreza de los movimientos de sus brazos que se extendían hacia ella. Cerró los párpados a la magia y al engaño de esa alucinación. ¿Sería su última hora? ¿Alguien la venía a buscar?

Los miedos de Manuela iban en aumento y con ellos la seguridad del peligro. Escuchó su propia voz que hablaba con incredulidad, vencida y apagada; no tenía fuerzas ni para rezar pero se mantenía en pie con el deseo de salir corriendo, con sus enaguas de encajes, a la calle a buscar a Letizia.

Había agua a los lados del camino, árboles que parecían arbustos decorativos. Una mujer con su camisón blanco caminaba rumbo al baldío de las zarzas; allí se perdió entre la vegetación humedecida por la lluvia, con los grillos de la gata Máxima y la soledad de la noche.

Al día siguiente, una silueta que parecía de terracota la encontró casi desvanecida entre el vapor del amanecer y los pilotes. La ayudó a levantarse y la acercó a la puerta de la casa, tocó timbre y desapareció dejando olor a hollín entre sus ropas negras.

Julián, desesperado, la tomó del brazo.

-¿Hombre, dónde estoy?-preguntó Manuela totalmente perdida.

-Por fin has regresado, déjame ayudarte.

-Tú eres demasiado anciano. Eres mi padre, por favor no me retes.

Julián no podía entender qué le ocurría a Manuela. ¿Dónde había estado toda la noche?. Ella lo observaba con desconfianza. Al rato dijo:

-Fui a buscar a mi hija.

Manuela había recuperado la memoria como si hubiera sido por decisión propia. Nadie le contestó y se quedaron mirándola con esa pasividad que deja el desconcierto.

-Abuela, cuéntanos dónde está mi madre-le dijo Dolores en voz baja.

-No lo sé. El viento arrastra a los seres a sus moradas pero hay algunos que no quieren regresar. Oyen su silbido y caminan en dirección opuesta.

Los ojos de Manuela brillaban frente a la lámpara de petróleo; se alisaba el pelo, parecía no preocuparle la ausencia de Letizia. En un arrebato miró hacia la fuente donde permanecía la figura de terracota. Sintió miedo; ese terror inmanejable que la torturaba desde pequeña.

Los demás con la impotencia del que todo lo quiere y no puede lograr ni la mitad de lo deseado, la dejaron sola pues estaban agobiados de tantos secretos.

-Me recostaré en algún bote como lo hizo Encarnación.

-¡Por favor!. Manuela vuelve y deja el pasado.-le contestó Julián harto de sus desvaríos.

-Buscaremos a Letizia entre los charcos escarlata.

Su conducta tenía una estrecha relación con la de su hija; ella trataba de aliviar la tensión ante las circunstancias que desafiaban a las miradas. Las respuestas a las preguntas que le formulaba Julián, que había regresado a hacerle compañía, sobre la supuesta mujer autómata que la ayudó a regresar no concordaban con la lógica.

Por momentos, el torrente de emociones invadía el perfil de Manuela que se quedaba callada mientras el esposo la miraba a los ojos como si la estuviera viendo a través de un vidrio. Algo ocultaba la anciana que parecía cavilar tratando de poner palabras en sus labios pálidos. La amenaza de paranoia ya estaba declarada; parecía recoger batallas entre el presente y la infancia. Manuela había aprendido a sobrevivir bajo las zarzas empapadas por la lluvia; le fascinaba correr a los grillos y amanecer en el fango.

Para Julián despertaba intrigas su ausencia pero al mismo tiempo creía que Manuela, con su pasividad, estaba demostrándole que conocía el paradero de Letizia. Le daba impresión ver su cara enlutada, como de cera, la ropa sucia y las piernas seniles que asomaban entre los encajes. Él pensó que Manuela nunca se recuperaría de la pérdida porque era muy inmadura para sobreponerse después de tantas torturas, pero había nacido para servir a los demás con todos sus recursos, más allá de los años, de la vida en blanco y negro y del aburrimiento que le daba la falta de deseos y de metas.

-Viejito, trata de evocar el pasado.-alcanzó a decir con la voz tan baja que Julián, como estaba sordo, casi no la escuchó.

-Oye… tú…-gritó

-Bueno parece que te dignas a hablar. Dime ¿dónde está Letizia?

-No sé. Tú sabes dónde se halla la gata Máxima.

-Enterrada-dijo Julián como al descuido.

-Pues ahí se encuentra nuestra hija, abrigada con el fango y bendecida por las entrañas de la tierra.

-Razona lo que dices; te encanta proferir palabras negativas para alterar los ánimos.

-Tú no puedes evitar las caídas porque eres mortal.

-Deja de taladrar la conciencia, mujer, que ya nadie te escucha; no te adelantes a los hechos y aguarda que nuestra hija regresará…

Manuela con un abanico de palma en una mano lo miró resignada como quien ve a través de un cristal los designios, sin desmentir las ideas de Julián pero confiada en el pesimismo que, como norma, le habían inculcado sus padres en perjuicio de su educación.

-Yo puedo pasar la noche a la intemperie que sé que no será la última.

-Entonces… te contradices.

-Sí, hombre, estoy algo confundida, perdóname. Es que soy esclava de las voces interiores y del miedo a lo desconocido. Estoy en un pozo donde el agua sube hasta mi boca y sale por ella. No sé para dónde sopla el viento. Tengo las manos húmedas, el desconcierto y la ansiedad me descolocan y me fracturan. ¡Dios sabe que no puedo anular su oratoria!

181

XV

La casa era muy antigua, de dos plantas, con un patio florido rodeado de habitaciones altas, ventanas con enrejados de hierro y cortinas amarillentas tejidas al crochet. Las paredes pintadas con cal resplandecían delante de una fuente cercada por macetas con pensamientos y estampillas. En la terraza, alguna vecina colgaba la ropa que flameaba cual bandera de barco perdida en altamar.

-¡Socorro!-gritó alguien y apareció una mujer de mediana edad, obesa y autoritaria, que parecía ser la dueña de la propiedad.

-"La Nueva" hace una semana que no sale de la pieza. ¿Le habrá pasado algo? ¿Usted que cree?

Socorro no podía pensar en ese momento porque los inquilinos protestaban, la gente tenía hambre y al guiso de lentejas todavía le faltaba cocción.

-Mañana veo-contestó sin importarle la situación.

Arropada sobre una bolsón de campo y sofocada por el polvo y la locura, Letizia, en el cuarto, permanecía mirando el techo. Sentía frío y esa soledad que viene desde dentro, por las carencias. No sabía cómo había llegado hasta ese sitio ni con qué dinero había pagado el primer mes de alquiler. A diferencia de lo que Manuela creía, su hija estaba viva pero con la salud quebrantada y con una imagen entre distraída y perversa que la transformaba en una persona de cuidado; sin embargo, su abrumadora tristeza la llevaba al abandono total. Ya no se preguntaba qué pasaría en el futuro; ella era un combatiente que mostraba las cicatrices como galardones. En la visión incongruente que tenía con la vida, el tiempo era un cadáver al que le realizarían la autopsia de manera rápida y obligada.

La vecina, de vez en cuando, asomaba su cara por el vidrio a través de la cortina para mirar a "La Nueva" como la llamaba ella.

-Eh… tú.-solía gritarle molesta al ver el cuerpo rígido de Letizia y sus ojos absortos observando el techo. Ella no le contestaba porque no la escuchaba; su mente no hilvanaba frases ni pensamientos coherentes.

-¡Socorro!, parece muerta, llame a la policía.

-Déjame en paz y vete a vender las rifas. No te guardes el dinero porque tu estúpida ignorancia ya la conozco.

Todos gritaban en esa pensión donde convivían mendigos, huérfanos, solteronas y algún vecino inmigrante; quizá eran gente que necesitaba que alguien les contagiara un poco de dignidad, haciéndoles saber que eran seres humanos con nobleza e inteligencia.

Letizia, una mujer rica, había tenido todo lo que una niña podía desear menos alegría y libertad. Sus pensamientos se contenían en la oscuridad de los sentidos con las bendiciones de los santos y la fe absoluta, pero ya no tenía la concepción idealizada de su Dios sino la figura modélica de una realidad que le decía que no servía para mucho despertarse y sentarse a esperar. Ella se veía a sí misma como José, su primer marido, con los ojos nuevos en órbitas viejas, con movimientos torpes en las piernas rotas, llamando a sus criaturas desde la muerte hacia la locura.

Lo más notable de su falta de lucidez era la negación que la impulsaba al abandono y al aislamiento, sola, primitiva, con las ideas quemadas por la ceguera. ¿Qué haría de ahora en más si Manuela y Julián no la encontraban?

De noche no podía apartar la vista de las estrellas porque pensaba que su cuerpo se hallaba en los dos sitios. Se colocaba un sombrero de fieltro de alas anchas y salía al patio como si en él viera praderas y acantilados; se escuchaban murmullos a lo lejos mientras un gato negro como su vestido se acercaba para subirse a su falda. Ese animalito era lo único que la unía al pasado.

Con el paso de los meses, Letizia aireó un poco la habitación y sacó la ropa de la valija de cuero; había un extraño olor a almizcle que se mezclaba con el aroma de los guisos y de las paellas que cocinaba Socorro. Letizia construyó un pequeño altar y se sentó delante de la puerta en una mecedora mientras los demás la miraban como quien ve a un aparecido.

De pronto, un hombre se acercó y le pidió que le vendiera una estampa. Ella lo miró fijo y casi sin comprender le dijo:

-Acepto lo que quiera darme.

Así en medio de valses de pianola, jaulas de pájaros, tulipanes y bonetes de cumpleaños sin niños, Letizia comenzó a vender estampitas y se convirtió en un ser mágico a quien todos querían aproximarse para que les hiciera un milagro. La gente no se acercaba para escucharla sino sólo para verla, para tratar de entender algo de lo que le pasaba, esperando una palabra que en su cabeza no significaba nada pero que la llenaba de mansedumbre. Parecía que en medio de esa vorágine de desconocidos, ella había encontrado su lugar, sin billetes y sin recuerdos. Se resignaba a vivir olvidada para siempre, a dormir ovillada junto al gato negro; no intentaba fugarse porque no existía ningún deseo irrevocable.

Ella contemplaba con abatimiento los residuos que los perros callejeros habían traído al patio ante la visión de Socorro y su austeridad. Las dos se miraron en un momento como mujeres sacrificadas que habían llegado al extremo del hastío.

-¿Tú rezas por mí, verdad?-le preguntó Socorro con una debilidad extraña en su cuerpo obeso.

-Sí, hija-le respondió Letizia con ternura.

-Tienes familia porque no he visto a nadie que venga a visitarte.

-Todos han muerto-dijo Letizia con excesiva indiferencia.

-¿Por qué vistes así, mujer?

-¿Cómo?

-Con esos trajes horribles y oscuros.

-¡No mancille mi hábito!-gritó enojada y se refugió en la pieza.

-¿Hábito?-dijo Socorro sorprendida.-Entonces es una monja…

La cacharrería de la cocina comenzó a trastabillar cuando la dueña de la pensión entró en el cuarto. Ahora sí podía comprender el encierro y su envoltorio de mujer espectral. Las religiosas a Socorro le provocaban escalofríos porque le parecían que le estaban anunciando algún final.

El patetismo de Letizia le demostraba su imagen antagónica; sin embargo, los creyentes no dejaban de acercarse para recibir las oraciones.

-No lo levantes-le dijo Letizia a una señora que cargaba un niño.-Échale limón sobre la cabeza, no lo acuestes en su cuna boca abajo, vístelo de blanco y llévalo frente a la luz de la luna.

Sus remedios poco creíbles volvían locos a los necesitados que se acercaban a ella con la desesperación propia de quien está por perder la vida.

-El mundo domina los hechos, hijo-le dijo a un joven que lloraba desesperado.-Resígnate al poder del Supremo que él planifica el destino, lo ilumina y lo entibia para que encuentres un camino recto.

Letizia no pensaba en nada pero las palabras le salían de la boca como si tuvieran movimientos propios. Parecía haber recuperado la cordura, pero en otro cuerpo.

Mientras regresaba Socorro, un sacerdote se sentó a su lado en un banquillo de madera labrada. Impresionado por esa visión, sintió pavor y, acorralado por los ojos de ella, se le crispó la piel.

-¿Padre viene a darme la extremaunción?

El cura salió corriendo como si hubiera visto al mismo Satanás. Letizia se levantó despacio de la mecedora con el crucifijo, recogió el gato que dormitaba a sus pies y se recluyó en las oscuridades. ¿Qué había visto o escuchado el religioso que lo llevó a huir de esa manera?. Tal vez, conocimientos paranormales, la metamorfosis de una mujer simple o la locura; quizá la habría reconocido, pero nadie sabía de su ríspido itinerario ni siquiera ella misma porque era una persona sin pasado.

Los inquilinos desconfiaban de sus actitudes pero la respetaban porque así lo quería Socorro que era la dueña.

-¿Sabe de dónde viene?

-No importa, déjala en paz porque no molesta a nadie.

-Es que parece un ánima; usted le vio los ojos hundidos y fijos, la piel alba y su cuerpo anémico.

-Mujer, no es un muerto.

-Pues… se parece mucho, señora.

Socorro por primera vez sintió un temblor en sus piernas que la hizo apoyarse en la columna del alero.

-Lleva un gato negro, ¿la vio?

-Ese gato es de Manuel, el vecino de enfrente que lo maltrata entonces el pobre animal viene a buscar refugio y comida a la pensión. No me hagas asustar, mujer, que no soy de hierro.

-Yo que usted averiguaría, no dormiría de noche, llevaría un fusil, llamaría a algún exorcista, rociaría con agua bendita los rincones…

-¡Basta ve a hacer los trabajos!

Socorro se hallaba fuera de sí; trataba de no escuchar los comentarios de su amiga pero, en el fondo, sentía cierto escozor cada vez que la miraba a Letizia moverse por el cuarto o atender a los ingenuos que se acercaban a pedir medicinas para sus males.

-¿Me tiene miedo?

-¡Qué!-giró la gallega a punto de desfallecer cuando Letizia le habló a través de los helechos sin dejar ver su rostro.-Le tengo miedo al diablo.-contestó aterrada.

-Yo no sé quién soy Socorro. No me acuerdo de mi nombre.

-¿Por qué?

-No lo sé.

-Mira yo te diría que se nota que eres una monja por la manera de vestirte, las cruces, las estampas y el deseo casi desmedido de ayudar al prójimo, pero cuando miras de frente tienes una vaga expresión dramática y hasta cruel.

-Estoy buscando-dijo Letizia tratando de reconocer el lenguaje.

-¿Quieres encontrar a tu familia?

-¡No!. Estoy buscando el equilibrio entre sensibilidad y razón.

-Pues es bastante difícil-contestó Socorro que entendía muy poco de los pensamientos filosóficos.

De repente, se escuchó un estrépito de viejas maderas. Letizia corrió a esconderse y Socorro fue hacia la puerta, pero no había nadie. El ambiente, transfigurado por un humo casi invisible, calcinaba la piel. La dueña de la pensión miró hacia la calle: las casas destruidas por la humedad, los techos de chapa perforados por el óxido, los almendros entre los matorrales del baldío y de pronto, en su cabeza, el rostro pálido y óseo de Letizia.

Desde que ella había llegado ocurrían cosas raras: las begonias secas, el jazminero devorado por las hormigas, la muchedumbre de desesperados por conocerla cuando Letizia sólo les tenía miedo. Todo parecía ser una pesadilla que no tenía explicación racional.

Socorro tendría que hacer algo porque ese vaho adormecedor le traía pesadillas, incertidumbre y confusión. No estaba acostumbrada al caos alimentado por los misterios que no podía descifrar. Ella era una mujer simple que de joven trabajó de lavandera con las limitaciones de una vida pobre.

-Buenas, mujer, le traigo estas hostias.-le dijo una voz que alteró su aparente tranquilidad.

-Nadie pidió nada, vete que no estoy para majaderías.

-Una señora vestida con un traje de paño y un sombrero de fieltro hundido hasta la nariz me las pidió y yo obedezco...

-¡Vete!-le gritó la dueña de la pensión a punto de darle un infarto.

Socorro frunció el ceño frente al muchacho que luego salió corriendo despavorido; ella comenzó a pasearse por la galería arrojando al piso las hostias. ¡Qué extraño era todo! ¡Qué espantosa era la realidad de esa desconocida!. Sintió lástima y enojo por la conducta de Letizia.

-Ni yo misma la entiendo-dijo-Estoy frente al semblante de alguien que, tal vez, no existe; hay peligro en sus pasionales adoraciones. ¿El miedo de perderlas o de conservarlas?

A Socorro algo la sublevaba pero le gustaban los secretos. Letizia le había entregado parte de su alma, pero la sangre ya había abandonado su máscara de yeso y eso le daba un aspecto de dama amarillenta pintada por Leonardo.

Socorro se acercó a la puerta del cuarto y vio a Letizia mirarse en el espejo frente a un tocador de plata estilo Luis XV; ella era una persona adinerada, pero sus movimientos serviles la descolocaban por completo.

La dueña de la pensión dejó de observarla y se fue para la cocina; hábilmente era engañada por esa personalidad abrumadora. De todas maneras, pronto tendría que hacer algo porque terminaría volviéndose loca. Sentía que los ojos de Letizia desgreñaban sus ropas; había algo morboso en esa mirada sombría y doliente. Se escucharon ruidos de tazas y platos y el silbido de una cafetera de Georgia; la señora de la casa prendió los farolitos chinos en forma de campana y se sentó a ver televisión pues ya estaba derrotada por un enemigo que ni siquiera conocía y con quien no podía luchar porque ambas utilizaban diferentes armas. Pensó que esa monja no tenía valor, que necesitaba afecto y que, quizá, estaba huyendo de un pasado al cual quería olvidar.

Se oía el canto de los gorriones entre las enredaderas del patio de baldosas negras y blancas; un sitio donde todo el mundo ocultaba la risa.

XVI

El sol penetraba por los ventanales de la casona. Manuela había instalado en la sala su altar de rosas, claveles y tulipanes: una cesta llena de pétalos, hierbas y té de manzanilla. En la cocina, una olla de barro despedía un aroma fuerte de alcauciles.

Julián estaba muy enfermo, con los noventa años y sus pocas ganas de vivir se iban las últimas esperanzas de Manuela de perder definitivamente el miedo a lo desconocido.

-Me parece que ayer era chico y ya me tengo que morir.

-A ti te esperan las décadas nuevas, viejito.

Julián quería reencontrarse con Letizia en el más allá porque su ausencia lo había mutilado. La verdadera lucha era resignarse a esa soledad que le quitaba la alegría de una manera radical.

Manuela recorría la galería sacudiendo el polvo de los retratos. Se parecía a la ceniza que venía desde las entrañas de la tierra donde se estaban desdibujando los huesos de sus seres amados. Le parecía ver en el patio arcilloso a las niñas juntando caracoles; las veía vivas y asustadas por los arañazos de los gatos, después la existencia temporal le devolvía la imagen de su presente. Ella no sabía que Letizia estaba anclada en aquella pensión porque la enfermedad del esposo no le había permitido salir a buscar el cuerpo. Creía ser una mujer sometida, muy joven todavía, incapaz de tomar decisiones o de enfrentar nuevamente la partida, esta vez la de su compañero: el padre de sus hijas.

Lo miró desde la puerta del cuarto con el pelo desarreglado y vio en ese rostro las leyes matemáticas, su oratoria, el abrazo poderoso… Ella ya estaba velando sus restos porque la respiración honda de Julián le decía que faltaba poco tiempo.

-Letizia lleva un sombrero de fieltro con alas anchas.-alcanzó a decir antes de despedirse.-Debe estar cerca…

Manuela tembló como si tuviera fiebre y corrió a su cama a refugiarse entre las sábanas. Una semana permaneció durmiendo entre sus delirios; los nietos tuvieron que ocuparse del sepelio de Julián porque ella no reaccionó en ningún momento.

Un mes después, aferrada al travesaño de la escalera, trataba de dar los primeros pasos como una niña que recién empieza a caminar, es que Manuela jamás había abandonado la infancia. Las voces de Dolores y Laura alteraban sus pensamientos pero ella casi no las escuchaba, solamente miraba el movimiento de los labios sin comprender el léxico. Se sentía decrépita, sin ningún derecho a vivir aunque Dios le diera la oportunidad de seguir luchando para sostenerse en pie.

-Abuela dinos algo. Te amamos y nos da dolor verte así, piensa que eres lo único que nos queda.

El semblante de Manuela recorrió las miradas expectantes, las paredes y sus arabescos, el retrato de Rocío…

-Los relojes deben estar en hora para empezar a buscar. Tengo suficiente valor todavía aunque parezca un espectro.-dijo Manuela en voz baja.

La familia abrazó a la anciana octogenaria al escuchar esas palabras porque, aunque parecían absurdas, demostraban que todavía le quedaba energía para expresar sus locas ideas.

-Quieres agua, un té, algo de comer.

-Necesito levantar una torre, pero antes tengo una misión.

-Dinos que te ayudaremos.

-Letizia lleva un sombrero de alas anchas y…

Los nietos se miraron absortos porque les parecía que Manuela divagaba y que la alegría de verla bien era solamente un sueño. Era cierto que siempre había expresado sus opiniones de una manera extraña, a veces incoherente otras muy frontal, pero el tintineo de sus dientes y el temblor del cuerpo demostraban que algo andaba mal.

-¡Ya no tengo pánico! ¡Qué más puede pasarme! ¡Quiero encontrar a Letizia así esté muerta!-gritó llorando.

-El mundo es inagotable, ¿por dónde vas a empezar?

-No sé.-contestó Manuela perdiendo de nuevo la confianza.-Nadie sabe qué ocurrirá en el próximo minuto pero es difícil emprender un camino cuando hay tanta fragilidad y desamparo.

Manuela nunca había tenido coraje para enfrentar al resto de la sociedad pero ahora, por una inexplicable razón, necesitaba salir a dar guerra aunque fuera una anciana castigada por el infortunio.

-Letizia tal vez es un susurro o vela las estrellas, descansa igual que un caracol entre las algas como Encarna o ha regresado al cieno. La veo lejana, marchita y callada.

-Bueno, ve a tu habitación y duerme que nosotros la buscaremos.-dijo Laura al escuchar a Manuela repetir las mismas palabras ardientes y confusas.

-La abuela siempre se expresa de ese modo, ni ella misma entiende pero sabe, es muy inteligente-contestó Damián; trataba de justificar los pensamientos de Manuela que para él seguían siendo absurdos.

Era imposible leer las ideas de cada uno sin olvidar que se habían educado en un entorno donde todo se limitaba a esperar, donde rondaban los espacios contenidos y los mensajes indescifrables. Demasiada memoria, roces y temores que todo resultaba ácido y sin respuestas. No existía la esperanza a pesar de la juventud y de los días venideros.

-Un buen guerrero es aquel que se sobrepone a las derrotas.

-Pues entonces no abandonaremos las armas y comenzaremos la investigación.

Manuela, en su lecho de anciana que parecía sorda, escuchaba lo que decían en la sala y sonreía… Sabía que el dolor brotaba de la tierra pero creía que todavía no estaba escrita la primera hoja de su último capítulo.

-El final deformó tu discurso, pero yo lo entendí.-le dijo Manuela al retrato de Julián.

Toda una vida en continuo diálogo con las fotografías, la magia y la verdad a flor de piel. Manuela era una mujer que no se entregaba a los años ni se abandonaba a dormir como los felinos viejos. La muerte de Julián, sin querer, le había dado algo de fuerza a pesar de su ausencia; sentía que se había quedado sin espalda y a la intemperie frente a los peligros más atroces. Si antes, cuando vivía su esposo, tenía miedo ahora el terror, por lógica, debería haber sido mayor y paralizarla por completo; sin embargo, ella, casi una infante, quería salir en busca de una verdad, quizá, muy cruenta: la muerte que podía enfrentar pero que no aceptaba por más que fuera la más devota de las creyentes.

Sus principios religiosos le decían que debía hallar paz en las oraciones y esperar el paraíso para reencontrarse con los seres que ya no estaban, un simple consuelo que en ese momento no le servía para nada.

-La quietud es la mortaja del condenado. Siempre ha sido más poderosa que mi alegría pero hoy, a los ochenta años, debo dejar el letargo para dar el último paso.-dijo como si hablara con alguien, pero nadie la escuchaba porque sus ideas parecían fuera de contexto.

La vejez y sus dolencias le daban a sus monólogos un matiz poco creíble, aun así todos reconocían que Manuela siempre se había expresado de manera ambigua y desordenada. Los nietos la amaban pero la miraban con recelo como si estuviera con un pie en la otra vida.

-Mamá.-dijo, de repente, Manuela en voz baja.

-¿La ves a tu madre?-preguntó Damián con ansias de saber los misterios del umbral de la muerte.

-¡No!-gritó bastante enojada con ese grupo de ineptos a quienes consideraba poco lúcidos.-Una paloma blanca.-volvió a exclamar y todos se quedaron helados porque sabían que estaban frente al Espíritu Santo.-¡La sociedad es demasiado hipócrita!-volvió a decir y otra vez se quedaron desconcertados.

Las imágenes de la realidad descubrían un núcleo original que desdibujaba las apariencias de las otras realidades: las de los demás. La familia de Manuela era atípica desde tiempos pretéritos, como si llevara sobre sí el peso de los cuerpos y de las miradas. La ley cotidiana de la casa se entendía de antemano y tenía su propio código: el miedo.

Manuela, desde sus inseguridades, era el contrapunto silente que no daba tregua a su ilimitado juego de las escondidas. Ella no sabía lo que era el egoísmo porque siempre pensaba en los demás más que en sí misma; su objetivo era dar sin esperar recibir. Sus padres la habían educado bajo normas estrictas de exigencia: lista, perfecta, estudiosa, prolija, buena… decente. Es por eso que en ese territorio indomable y hasta el final de sus días, Manuela viviría para los otros porque si así no lo hacía la culpa no la dejaría en paz. Hoy su prioridad era encontrar el cuerpo inerte de Letizia para esconderlo en el mausoleo de Lucía y de Rocío, a la vista de la gente, como un reproche al destino. "Allí están las pruebas", seguramente diría frente a los incrédulos que se impresionaban al ver los ataúdes descubiertos. Esa era una manera de mostrar lo que debía ocultarse para que los demás pudieran comprobar que la muerte es una cachetada que te dice: "luego te tocará a ti…"

Manuela, predicadora de la solidaridad, estaba por comenzar un nuevo desafío contra las injusticias y las carencias, con las pocas responsabilidades que siempre tuvo y su llanto vergonzante. Sentía el deterioro de los huesos, la memoria endeble y las piernas frágiles pero no estaba muerta todavía. El peligro latente la convertía en un ser frío por fuera a quien le resbalaban los espacios intermedios, o negro o blanco, siempre víctima en complicidad con su Iglesia.

Tras los cortinados veía pasar los días como los longevos deprimidos, sólo que Manuela esperaba y parecía no tener prisa. Ella quería escribir su destino, un sendero tangible, manchado de tinta de tanto recorrer las páginas, pero sentía que alguien superior la situaba en un lugar de la superficie y que podía deportarla en cualquier momento.

-Se usa el nombre de Dios de forma equivocada-solía decir sin titubeos frente a algunos hipócritas que asistían a las misas para limpiar las culpas.

Manuela entre los psicofármacos y la adicción a las gemas y las tisanas, se había convertido en una mujer autista que sólo miraba con los ojos increíblemente aterradores. Quería escapar a la calle para buscar al único motivo que la mantenía con vida. Desde la muerte de Julián se había recluido más en su casona atiborrada de humedad, donde asomaban los ladrillos centenarios. Nadie la limpiaba ni tampoco acomodaban el desorden: plantas sobre la mesa, tazas esparcidas por los muebles con caramelos dentro, restos de comida, edulcorantes y el televisor prendido de día y de noche...

Los nietos volvían muy tarde de sus salidas después de asistir a la facultad y Manuela se quedaba sola porque no quería que ninguna persona se ocupara de ella. Era una mujer complicada que no soportaba que nadie le diera un consejo, tampoco reconocía los errores que cometía y no pedía perdón nunca.

-Me hacen la vida difícil. Se murieron mis seres más queridos y ahora ustedes me maltratan.-le respondía a los nietos cuando ellos decían que no durmiera tanto, que no tomara demasiado té de manzanilla o que se pusiera las medias cuando hacía mucho frío. ¡Nunca me vuelvan a ordenar lo que debo hacer!.

Ellos la observaban como si fuera una octogenaria extraviada, pero en el fondo sabían que siempre había pensado igual a pesar de encerrarse en un asilo adulterado por las farsas.

Frente a ese televisor que mostraba imágenes monocromáticas, Manuela pasaba las jornadas que se tornaban eternas en la soledad. Casi no escuchaba lo que decían los actores o los periodistas de los programas porque hablaba a la par de ellos como si estuviera dialogando.

-Se necesita saber la identidad de una mujer que viste de negro permanentemente, lleva un sombrero de fieltro de alas anchas y dice hacer milagros…-comunicó el aparato a las 15:30 horas.

-Sí debe ser alguien iluminado por el Santísimo que…

-La mujer-continuó el comunicado-ama los gatos, es muy rara y casi no habla. La gente de la pensión Los Girasoles está preocupada porque presumen que podría ser una persona prófuga. Desde ya cualquier noticia se lo agradeceremos…

-Dios ilumina a aquellos predestinados a los cultos. No busquen a su familia porque seguro que es huérfana y lleva la paz en su alma para los que la necesitan y...-Manuela se detuvo alertada por el anuncio y su cara se transfiguró a tal punto que su palidez parecía la antesala de una muerte súbita.

-¡Letizia!-gritó-¡El sombrero, la ropa, los gatos...! Ahí en el televisor.¿Cuál era la dirección? ¡Malditos!

La casa no la escuchaba; los cuartos abrían a una galería de bancos de piedra y el olor a océano agitaba su furia entre los nombres ilustres de los antepasados.

-¿Habla español la desconocida?-preguntaba Manuela-Ya ve usted es bien educada. Ella es un cuerpo sin alma que vive en un convento.

Manuela quería vociferar como todo el pueblo de España pero su fiebre cerebral se lo impedía, es que aquella noticia la había despertado de su invalidez para echarla a andar tras los pasos de su amada Letizia.

-La noche está rigurosa pero me queda poco tiempo. Las distancias se acortan... Podré respirar la atmósfera balsámica y acercarme a algún pájaro negro.

De repente, entró Manolo que traía a Antonio a ver a sus hermanas pues el niño, al ser todavía muy pequeño, pasaba largas jornadas con su padre. Es que en la casa de Manuela ya no existía nadie con capacidad para cuidarlo.

-¿Qué tiene, mujer?

-El aparato, Letizia…-gritaba Manuela totalmente descontrolada.

-Letizia está muerta, abuela.

-¡Abuela! ¡No soy tu abuela! Calla bestia, tú la mataste, hombre poseído. Si nunca hiciste nada por ella ahora es tu turno, demuéstrame…

Manolo, desganado, trataba de controlar los nervios; la miraba como quien ve a un loco en su guarida a punto de ser atrapado.

"Esta mujer tendría que suicidarse", pensó como si Manuela fuera un animal a quien hay que sacrificar. A Manolo, demasiado excéntrico, ya no le importaba esa familia porque él había roto los lazos al formar otra pareja.

Se sentó a la mesa a comer un strudel de espinacas que encontró en la heladera mientras Antonio, sentado en el piso, probaba la mouse de lima con frutillas que había preparado Dolores antes de irse a la facultad.

Manuela no existía para ellos y todo lo que pudiera decir no tenía asidero. Prendieron el televisor para ver una película pero en medio de tanto descreimiento escucharon:

-Se necesita saber la identidad…

-¡Ahí!-gritaba Manuela.

-¡Por qué no se calla de una vez!

Manolo, aturdido, reconoció que Manuela decía la verdad, una realidad que a él no le cambiaba la vida pero sí a su hijo. Se acercó a la anciana y trató de calmarla.

-¡No me pongas las manos encima!

-Tranquilícese, señora, buscaremos a su hija y la pondremos a salvo, la traeremos a casa para que esté segura, se lo juro.

-¡No jures porque ofendes a quien te escucha y te encierras en tu propia trampa!

-No confía en mí todavía después de tantos años.

-Tratas de enredarme, ¿verdad?. Quieres endiosarte para que no pueda renegar de tu cobardía pero cometes errores todo el tiempo. Vanidoso, copetudo, no te sirven de nada tus lisonjas porque puedes agriarle la vida a alguien con solo abrir la boca. ¡Busca a Letizia que estoy desesperada!. No escapes de las responsabilidades como los que viven de juergas porque nunca te vas a levantar.

-Manuela, señora, usted es una dama y yo la aprecio; sus palabras ya no me ofenden porque, aunque no lo parezca, tengo códigos.

-Me calmaré cuando vea a mi hija sana y salva-dijo Manuela con el pelo enmarañado, los huesos doloridos por el reumatismo y la fiebre senil que no la dejaba razonar con claridad.

-Yo le prometí que me ocuparía de ella y lo haré porque aunque haya perdido la razón alguien tiene que hacerse cargo de ese cuerpo. ¿No le parece?

-¡Botarate!-respondió Manuela con ganas de darle una bofetada a ese hombre necio que parecía distante por momentos y preocupado por otros.

Manolo no sabía lo que quería, pero algo lo ataba a la intransigencia de Manuela.

XVII

Letizia, en la pensión, vagaba entre las horas sin ansiedad ni dudas. Miraba los fresnos de la avenida como algo impalpable; eran columnas que se desvanecían en el cielo. Ella solía recorrer las veredas; ya no la sorprendía un grito inesperado, el llanto de un niño, alguna balada que se escuchaba de un ventanal abierto, porque Letizia estaba dormida en el fondo de su espíritu surrealista.

-Hola Socorro-le dijo suavemente a la pensionista que se hallaba en la puerta tomando el aire del mar.

-Qué te traes…-le contestó la mujer un tanto molesta por los misterios, pero sabía que pronto se terminaría el enigma del ánima porque era ella la que había puesto el aviso que, reiteradas veces, transmitía la televisión. Evidentemente Letizia no sabía nada, de lo contrario hubiese escapado de allí para hundirse en algún páramo.

-No entiendo qué quiere decir.

-¡Basta! Confiesa, todo sería más fácil. Necesito saber de dónde vienes, cómo te llamas, por qué actúas de ese modo…

Letizia, perturbada por el infierno de esas palabras, escapó a su cuarto y con hosco desenfado desarmó la cama y se acostó como si lo hiciera sobre un colchón de clavos. Sus ojos se cerraron para copiar las imágenes; sintió un beso en su mejilla y se confundió por un instante, todo su cuerpo se estremeció ante los temblores discordes y sucesivos. Parecía poseída por alguna siniestra oleada de sensaciones que golpeaban vanamente las paredes altas de la casa.

Letizia no podía emerger de ese colchón de clavos porque se hallaba aprisionada por ese beso que la retenía con su doloroso murmullo de fantasma.

-Lucía-dijo dulcemente.

¿Sabía de quién estaba hablando? ¿Se hallaba a punto de abandonar un terreno árido o podía volver a nacer? Era evidente, que tenía dificultades para asociar nombres y apellidos al contenido de un pasado que ignoraba casi en su totalidad.

En la pared, había un cartón con la imagen de lo que parecía ser una Virgen, seguramente colocada allí por Socorro.

-Mare de Déu de Núria, patrona de la fertilidad.-leyó Letizia.

Ella no sabía qué quería decir la palabra fertilidad.¡Qué ironía de la vida! Ese mensaje podía ayudarla a recomponer su pasado.

-La Virgen tiene un niño sentado sobre su rodilla izquierda. Lleva las manos levantadas en señal de bendición; los dos están vestidos con manto y túnica.-descubrió Letizia lo que estaba viendo. Trataba de buscarle un sentido; la necesidad imperiosa de encontrar un orden a sus conocimientos capaces de exceder los límites de su orfandad. Lo que sí creía saber era que no había concebido hijos y eso la torturaba muchísimo porque pensaba que si los hubiera tenido no se hallaría en esas condiciones.

El gato la miró con ojos hambrientos y ella lo acarició con ternura de madre.

-Tú no eres como la gata Máxima que recogía grillos por las noches y los traía a la sala para jugar y cuando estaban inertes los abandonaba por los más insólitos lugares. Eres un buen chico, fiel, que me quiere más allá de mi locura.

Letizia hubiera desconcertado al médico más inminente porque sus comentarios parecían escapados de algún film de terror. ¿Estaba loca realmente o fingía? Esas preguntas retóricas se las formulaba, sola en la habitación, Socorro que estaba harta de soportar a esa desconocida. En el fondo, la complacía el hecho de que en cualquier momento alguien vendría a buscarla.

-"La Nueva" le habla al gato, Socorro.

-Déjame, vete con tus chismes.

-No es mentira, señora, y el gato sabe qué le contesta.

Socorro le arrojó a la vecina, a través de la ventana, un jarrón de vidrio.

-Continúa inventando cosas, mujer, que me vas a volver loca como ella.

-El gato le contesta-dijo nuevamente la vecina, curiosa y asombrada por haber descubierto otra novedad.

-¡No sé cuánto durará esta pesadilla!

-No se angustie; si llega al extremo, se levanta y vuelve con fuerza renovada y si quiere le pide un milagrito a "La Nueva".

Socorro, fuera de sí, sacó un rifle que tenía detrás de la puerta y tiró al aire; la vecina escapó entre las macetas de malvones y se llevó por delante las matas de verbenas.

-¡No pasa nada!-gritó la dueña de la pensión a los inquilinos que se asomaban por los ventanucos y corrían las persiana.-Vuelvan a las habitaciones, es demasiado tarde.

Volaron ramas y pájaros verdes; una borrasca que venía del océano se aproximaba para dar batalla. Socorro a través de la reja observaba el patio humedecido por la lluvia; ella no se dejaba engañar por las apariencias, el silencio era su mejor arma. En el aire flotaba cierta energía negativa que daba forma a siluetas umbrosas de la mano de Letizia. Eran señales que chocaban con una barrera infranqueable: la vida demasiado padecida.

Letizia se asomó con el gato negro en los brazos y Socorro tuvo que desviar la mirada; le hacían mal esos ojos desorbitados y la presencia humilde y silente de esa mujer que llevaba sobre su cuerpo una especie de atracción sanadora pero al mismo tiempo era un clamor que se volvía hueso, cráneo, nariz, tierra…

Letizia miró a Socorro y le gritó:

-Lucía sal de esa abominable marioneta, regresa a tu belleza, es tarde para mendigar pero vuelve a tu cuerpo efímero porque te amo, hija.

Socorro, al ver que se estaba dirigiendo a ella, huyó y se refugió debajo de la cama. Allí, en la oscuridad, entre cajas de zapatos y revistas, la dueña de la pensión sintió que estaba aturdida por completo. En sus entrañas palpitaba otro ser, ajeno, que quería escapar del horror o quedarse como viejo recurso de ficción. ¿Estaba cómoda en ese esqueleto obeso la tal Lucía que reclamaba derechos y luchaba contra sus propios placeres?

-¡No… y no!

Socorro se revolcó en el polvo que había debajo del camastro y escuchó la voz lejana de Letizia que arrullaba al pequeño gato como si fuera su hijo recién nacido. Dejaba correr la mirada sobre el plano vencido de los tejados de las casas vecinas, escuchaba el rumor de los inquilinos en los patios linderos donde desbordaban las plantas y las tortugas se escondían entre los helechos. El sitio le parecía el paraíso poblado de verdades inconfesables y de secretos demasiado expuestos a la falta de diálogo.

-Eleva la energía del perdón.-vociferaba Letizia.-Te arrepentirás de tu esclavitud y aceptarás las diferencias.

Socorro se tapaba los oídos con las manos para no escucharla porque estaba harta de vivir presa de esa palidez de cera que la miraba continuamente y arrastraba, como un imán, sus piernas hacia un lugar que le parecía mortuorio. No dejaba de pensar que Letizia era un sedimento que se desintegraba con un soplo de aire.

-Deja que vengan a buscarte, vas a ver como me voy a reír de tus sermones de novicia ultrajada por las leyes. ¡Deja de escapar!-volvió a gritar Socorro que ya no sabía si creer que Letizia era un fantasma o alguna delincuente que huía de la justicia.

En esa hoguera de emociones no había espacio para recuperar la cordura porque el hilo estaba roto y las almas habían aprendido a hablar el lenguaje del dolor como héroes anónimos.

La vecina no dejaba de repetir frases incoherentes que ponían en duda las ideas de la dueña de casa.

-El gato se llama Lucas, Socorro.

-¡Por favor, mujer, por favor!

-La vida es una carrera de velocidad y de resistencia, llega el más astuto y el más hábil.

-Pues tú eres lerda como mula.

-"La Nueva" es la viva.-dijo la vecina con el loco disfrute en sus ojos de vidrio.

-Ésa es una esquizofrénica o una para... como dice Manuel, no recuerdo bien la palabra.

-Paranoica, mujer-contestó con timidez y con absoluto conocimiento del tema.

A Socorro lo único que le importaba era que Letizia tomara sus valijas y se fuera lo más rápido posible. Le daba bronca su doble personalidad, esa ternura que se convertía en un gesto diabólico.

Era tarde y el ambiente caluroso la obligaba a reducir tensiones y las energías negativas producto del estrés, pero no podía relajarse porque sus músculos la obligaban a la postración: le dolía el cuerpo de la cabeza a los pies.

-Es reuma.

-¡No!-volvió a gritar la dueña de la casa.-¡Es "La Nueva" que si no se va me va a matar!

-Ah... sí... sí..., se le notan las ojeras y la cara como si tuviera harina, debería ir al médico.

En el ambiente el equilibrio estaba quebrado porque el miedo en todas sus formas se encontraba latente; aunque se tomaran a broma la situación era evidente que se hallaba al borde de la desesperación, con el temor de que algo iba a ocurrir en cualquier momento.

Esa pesadilla era demasiado irreal para ser verdad y Socorro parecía un animal furioso a punto de cortar la correa para saciar su ira.

Dios se ha olvidado de esas vidas a la deriva. Eulalia, la vecina, se sentó en el patio con el ceño fruncido después de haberse burlado de sí misma desde que llegó Letizia; el temor a lo desconocido la hacía reaccionar de esa forma tratando de tomarse con humor las cosas serias. Sentía la presencia de Socorro en los sonidos domésticos: sus gritos de gallega porfiada, las pisadas, los suspiros de gorda cuando el verano la atosigaba y finalmente los rezos: Avemarías, Gloria o Pater Noster. Se entregó al descanso en cuanto escuchó que Letizia comenzaba a hablar con Lucas y a invocar a María Santísima.

-Vergüenza debería darle a esas gentes. Quieren echarnos de la pieza. ¿Por qué? Simplemente debe ser porque yo no sé quien soy-dijo Letizia mirando a través del encaje de ñandutí de la puerta vidriada.-Yo no hago hechicerías, no soy monja de clausura, pero sí pertenezco a una raza inferior; debo tener un origen inmoral.

Socorro sacudía las cortinas alquitranadas de su cuarto con la vista fija en la puerta de entrada; el momento se le hacía eterno pero tenía la convicción de que alguien llegaría para cambiar los destinos. Se lo dijo a Eulalia que estaba preparando mermelada de lima con las pupilas desconectadas y la cara enroscada por algún pensamiento poco feliz.

-No esté tan segura, hace mucho tiempo que salió el aviso y nadie la reclamó.

-No seas pesimista, ya vas a ver, tengo un presentimiento.

Como eco de sus palabras, alguien llamó a la puerta con golpes de manos. Era un hombre que dio un respingo al ver la contextura física de la dueña que se adelantó altiva.

Había humo de incensario en el ambiente. El desconocido miraba a un lado y al otro sin atender los reclamos de Socorro que lo interrogaba:

-¿Busca a alguien?-le preguntó con una ansiedad que la devoraba.

Letizia había llorado días enteros en la pieza. Cuando abría la ventana sólo escuchaba los gritos de los pensionistas; después recorría las galerías con sus zapatos de paño de vicuña hacia la cocina para buscar restos de comida. Ella moría en sus sueños funerarios, bajo la lluvia, junto a las tumbas de niños, en los brazos de una madre infantil que le reprochaba cada uno de sus actos. No podía distinguir el pasado del presente pero su deseo de emerger se esfumaba cuando trataba de recordar su nombre. Un día más era uno menos que la alejaba de la vida para entrar en otro estado. Había oscuridad en los rincones de su cuerpo, en cada hueso, en la sangre débil y enfermiza. Se amarraba a la cortina para sostenerse como tomándose de unas matas espinosas en esa caverna que le parecía su único lugar posible. No quería escapar porque no sabía el porqué, tampoco deseaba tanto quedarse porque el desprecio de la dueña le cercenaba las vísceras. Sin embargo, algo la contenía, por el momento, en esa telaraña álgida que trataba de enredarla con una indagatoria de frases revueltas.

Había alboroto en la entrada de la pensión Los Girasoles. Eulalia había dejado que se le quemara el dulce de lima para correr hacia la puerta con el delantal enroscado entre las piernas. La casa parecía estar de carnaval y todos, malhumorados, curiosos o enfurecidos, no dejaban de mirar al hombre que se hallaba esperando respuestas a las preguntas que todavía la dueña no le había permitido pronunciar por haber llegado intempestivamente.

Cuando ese desconocido consideró que era cuestión de segundos ganarse la simpatía de la gente, ellos ya estaban ofreciéndole comida y bebida.

-Nada, mujer, vengo en busca de unos datos.

Socorro con la blusa escotada lucía sus dotes de campesina y sus brazos flácidos y regordetes; le preguntó:

-¿Puedo saber quién es y a quién quiere encontrar?

-Me llamo Manolo Fuentes y estoy convencido de que aquí vive un ángel con sombrero de fieltro.

Socorro se desvaneció y cayó como bolsa de papas en el piso hueco.

XVIII

Lejos, se escuchaba el llanto de un niño. Manolo sintió un latido punzante en el corazón porque no se trataba de una criatura sino de un gato. Era un gemido de desconfianza y de abandono. Así aullaba la gata Máxima cuando alguien fallecía en la casa vieja.

Letizia se asomó por la puerta del cuarto vestida de oscuro como siempre, con los hombros vencidos y la aspereza en su mirada. Manolo, al verla, se impresionó mucho porque no quedaba nada de la mujer seductora que él había conocido. Paseó la vista por los inquilinos que, inmóviles, lo observaban con temor a mostrar el aturdimiento.

Ella se veía maternal a pesar de su aspecto pero tremendamente distante; por momentos, parecía una religiosa abandonada al silencio de las abadías y por otros una hechicera, tal vez, un ser aberrante que oficiaba misas negras en una ermita o bajo los montes. Estaba tan enojada con Dios que podía dominar al diablo con poderes sobrenaturales.

-Que el señor os guarde-dijo y Manolo dio un paso atrás con deseos de escapar de ese lugar centenario para morir en algún lodazal.

Socorro ya restablecida salió a su encuentro.

-Llévesela, está loca, no la queremos acá...

Manolo no respondía; la noche se acercaba... Sonrió dejando de lado todo formalismo. Avanzó sin hacer ruido entre las plantas cactáceas hacia Letizia. Ella lo miraba pero no lo conocía; a la luz de la vela de cebo, bajo el alero, sintió su perfume. Era incapaz de hablar porque no se acordaba de él y Manolo, con las manos temblorosas, sólo le tenía miedo a esa mujer diferente que lo inquietaba; parecía pérfida pero tranquila.

-¿Cómo está mi madre?-le preguntó.

Manolo, en medio de la crudeza de la noche, sintió que lo apuñalaban por la espalda. Por primera vez después de tanto tiempo, ella lo abrazó y se quedaron por unos minutos sin decir nada. Luego se alejaron para mirarse a los ojos; Letizia comenzó a llorar y él no se atrevió a tocarla pues era muy grande su desconcierto.

Pasaron unos instantes, ella murmuró cosas incoherentes, frases entrecortadas, hasta que se sentó en la banqueta con las manos en forma de cruz sobre el pecho y dijo:

-Le preparé una pócima para mañana.

-Letizia, escucha, no me conoces...

-Eres un creyente fiel que ha venido por un bálsamo; tu rostro se ve malsano o es usted extranjero.

-Por el amor de Dios soy Manolo. Ya sé que me odias pero tenemos a nuestro hijo Antonio.

-¿Antonio?-dijo ella con cierta ironía.¡Odio sí la falsedad de las personas ricas, aturdidas por consejos de beatas y anatemas de sacerdotes bien educados con el sexo amordazado por las leyes divinas! ¡Yo no tengo hijos!

Manolo, completamente amargado, tenía la sensación de encontrarse en un reducto donde la demencia pertenecía a una raza común y corriente.

-Vamos a llamar a la policía-dijo Socorro con el deseo de acabar con la absurda situación.

-¡No!-contestó Manolo-Tenga paciencia, no es peligrosa sólo está amnésica.

Socorro dejó el balde y se sentó en un banco de tres patas sostenidas por ladrillos. Hubiera querido arrojarlos a la calle a los dos sin miramientos pero todavía no había perdido del todo la lucidez.

La aritmética de Dios le decía a Manolo que Letizia estaba muerta y que esa mujer que se encontraba frente a él era una figura espigada que podía multiplicarse por mil.

-Saludos a mi madre.-le dijo ella a Manolo mientras se alejaba por el pasillo rumbo a la puerta de salida.

La pensión Los Girasoles era una escoria que en el crisol de los hornos se podía fundir hasta el hartazgo. Letizia y su escabel, Socorro y su osadía, Eulalia confundida entre juicios falsos, los ocupantes de las habitaciones devorando algún entremés, todos empalmados por una realidad devaluada por las úlceras del tiempo y sus estragos.

Manolo también se sintió preso en esa finca con olor a perejil y palmas del océano. El ambiente le pareció escapado de alguna película de misterio donde los antagonismos eran las armas para desviar a los verdaderos culpables. Letizia no podía ser esa mujer declinada a su más primitivo origen. ¿Qué le diría a Manuela?. No podía defraudarla a pesar de que siempre se habían llevado mal, pero tampoco creía conveniente ilusionarla diciéndole que aquel ser perdido era su hija. Tal vez, Manuela la viera con ojos de madre y de acuerdo a sus dogmas podría dirigir sus sentidos hacia el conocimiento de la verdad.

-La has traído, quiero verla. Deja, iré por ella. ¡Letizia!

-Manuela,-dijo Manolo-no se alarme, he encontrado a una persona muy parecida a Letizia que habla de manera muy especial y que no conoce a la gente. Debería ir usted.

Manuela se quedó mirándolo sin comprender; su presencia le turbaba la razón desde tiempos inmemoriales.

-Tú me vas a dar un soponcio, mentecato, finges todo el tiempo; quieres jugar con una anciana y mandarla a la tumba. Pues lo vas a conseguir porque no sirves…-contestó la viejecita a punto de trastabillar en los umbrales de la casona dispuesta a revivir las cenizas de Letizia mutilada por las sentencias.

-Manuela, espere que se va a caer.

-¡Calla, desorejado!

-Escuche, no puede ir tan rápido, piense en la edad que tiene-le repetía Manolo que iba detrás y casi no podía alcanzarla.

Manuela había sentido miedo, por las noches, cuando soñaba con los cuerpos amoratados de la morgue, con algún delincuente colgado de la horca como manzana fresca y su cabeza sobre la reja de los parques. Siempre había sentido temor pero ahora ella se burlaba de él con su valentía. Cuando llegaron a la pensión, Manuela se detuvo temblorosa; desde lejos, el patio de baldosas parecía un barco anclado por descuido entre verbenas y jazmines del país. Los huéspedes estaban agazapados tras la vegetación descansando en las poltronas desteñidas por el sol cual ancianos en un geriátrico, con la tristeza y la soledad de la vejez.

Socorro circulaba por los rincones; servía té y refrescos. Ese lento ritmo tenía algo de amenazador porque ellos combatían con las horas, perseguidos y esperando algo que no sabían de qué se trataba. Algunos permanecían todo el día sentados contando las pastillas que debían tomar, otros escuchaban la radio sin tener idea de lo que decía y otros miraban televisión hasta las cuatro de la mañana.

Manuela levantó el bastón y cruzó el patio rápidamente. El eco de sus tacones sobre el mosaico retumbaba en los oídos de los hombres. El desparpajo de la dueña del lugar no la detuvo. Frente a la puerta de la habitación de Letizia, tembló otra vez y el miedo apareció con descaro tratando de revivir las secuelas de antaño.

-¡No siga buscando señora. A su hija no se la tragó la tierra!-dijo Socorro con impertinencia.

Letizia lentamente abrió la puerta y vio, allí parada, a Manuela. La apatía iluminó las huellas del presente; actuaba como una sombra endurecida por el sufrimiento.

-¡Madre!-le dijo y la abrazó sin darle tiempo a reaccionar.-No sé quién eres, madre-volvió a decir.

Manuela a punto de desfallecer murmuró:

-Hija, estás enferma, eras tan bella. Tu rostro sereno y tus manos finas y blancas, el pelo…

Manuela lloraba porque esa figura vestida de negro con ese sombrero, que la observaba con recelo, no era la joven que ella había criado con tantos cuidados.

Socorro sostenía un cuchillo con cacha de hueso pues había estado haciendo unas tareas.

-¡No mate a mi madre!-gritó Letizia cuando la vio acercarse con descuido.

-¡No… loca… loca…! Mátese usted, aquí tiene, tome-le contestó Socorro fuera de sí empuñando el arma en dirección a sus manos.

-Está enferma.-dijo Manuela suavemente.-Comprenda, debería darle lástima; no sabe lo que dice porque ha pasado una vida desgraciada, de rutinas pesadas y con la debilidad de un cansancio crónico y anémico.

-A mí no me importa, quiero que abandone la pensión.

Manolo, completamente absorto, sólo miraba el rostro de Letizia desencajado, sin entender las palabras y su significado aunque había llamado "madre" a Manuela.

El gato se revolcó en el sol frente al tumulto de aves y mariposas; sostenía una langosta que había cazado y jugaba con ella frente a las lágrimas, los insultos, el descontrol y la impotencia.

-Te pareces a la gata Máxima sólo que tú eres un varón-dijo Letizia con ternura.

Manuela no podía creer; adivinaba la presencia de su Dios en cada sílaba que pronunciaba su hija; desde lejos, la miraba Eulalia con su abanico de plumas.

-El gato se llama Lucas y conversa con ella, sabe… Duerme en un arcón enorme como hijo de Drácula y sale por las noches. Me contó que Letizia es su madre.

Manuela la escuchaba con los ojos entreabiertos; trataba de descifrar ese dialecto incongruente e imaginaba que todos y cada uno de las personas que vivían allí estaban locos.

La escena terminó sin sonido alguno. Permanecieron sentados a la intemperie, con sonrisas forzadas, hasta que la proximidad de las sombras marcó la despedida. La dueña de la pensión los acompañó hasta la salida, decepcionada y aburrida por la situación.

A esa hora las avenidas estaban vacías, los postigones cerrados. Manuela y Manolo caminaban tensos y callados. ¡Se habían odiado tanto! Ella se aferró a él como una niña desesperada y huérfana. Su hija no estaba muerta; sin embargo, parecía que la había sepultado hacía muchísimos años. Ya no podía llorar porque estaba debilitada por la resignación. Sobrevivía al filo del abismo sacudida por la más honda tristeza. No le quedaban caminos, sólo debía sentarse a esperar la muerte. ¿Qué haría con Letizia totalmente convertida en un espectro sin luz en los labios, sin voluntad ni razón?

-La buscaremos y la llevaremos a casa, verá cómo se mejora-le decía Manolo con una cordialidad y un cariño que ni él mismo lo creía. ¿Estaba cambiado?

-Eres un truhán, sabes, pero igual te quiero porque amo a Antonio y tú, muy a mi pesar, eres su padre. ¿La quieres, hijo?

-¿A quién?

-¡Cómo a quién!, a mi niña.

-Sí, es la madre de Antonio y aunque esté loca mi hijo no debe saberlo.

-¡Loca! ¡No! Eres desagradable igual que siempre. Vete a tu refugio de caimanes a comer carroña. No tienes sentimientos, mal parido, simplón, que lleva una vida de vicios, no te mereces a Antonio que es un sol porque se parece a mí, a su abuela que es una santa. Vete… el loco eres tú, camina, deja de corromper a la familia con tus necias ideas; no sabes lo que es sufrir porque llevas una vida de frivolidades con personas raras. Inconsciente, egoísta, mezquino…-gritaba Manuela en medio de la calle.

-Mi querida suegra, perdone.

-Nada, eres invisible para mí pero ven y ayúdame a cruzar.

Manuela, en la casona rodeada de sus nietos, no podía armar la historia. Para ella ver a Letizia en esas condiciones la había doblegado pero debía pensar que estaba viva y que su demencia era la muestra clara de la rebelión.

-Abuela, ¿cómo está mi madre?-preguntaron las hijas de Letizia.

-Bien, niñas, ya habrá un acercamiento. No se sientan engañados porque ahora yo ocupo el lugar de Letizia y no les miento-dijo Manuela y retrocedió temblorosa para regresar a su sepulcro de medusas, cardos y mochuelos embalsamados donde las preguntas estaban escritas en las paredes y no tenían respuesta alguna en ningún idioma.

Manolo sentía culpa y responsabilidad por esa vida estéril que, según él, debía proteger de los últimos peligros ya que resultaba ser impredecible para Letizia el minuto de mañana.

-Papá, has visto a mamá. Seguro que está vestida de india o con alguno de esos disfraces que ella usa. Me divierte mucho. ¿Por qué no me llevas a verla? Anda…

-Antonio, escucha… Ella tiene un traje negro con un sombrero grande de alas anchas…

-¡Ah, entonces es una bruja! ¡Qué bueno!

-¡Basta, niño!-gritó Manolo sin encontrar las palabras adecuadas para explicarle a una criatura la enfermedad que sufría Letizia.

Manuela, en su sinagoga, escribía en un papel los pasos a seguir para recuperar a su hija y devolverla al mundo tal como ella la había educado: pura, frágil, obediente, religiosa. Su repertorio de virtudes estaba guiado por sus eternos hábitos que, con los años y los castigos, no habían dejado de latir en sus entrañas. Ella era una anciana con historias, guerras atemporales, rodeada de verdades y de violencia pasiva pero no era una insana porque, a pesar de todo, los golpes le habían dado cierto valor, aunque el miedo siempre estaba latente. ¿Qué más podía pasarle?. La muerte, en cualquier caso, sería una lluvia bienhechora, casi un diluvio, que la dejaría ahogarse en el cielo de Julián.

-Viejito, prepárate que te llevo un pescado al romero con vino y laurel.

XIX

Letizia dormía con las ventanas abiertas; afuera el aliento demorado del verano la hacía sentir ahogada. Por las cornisas, el olor a llovizna le anunciaba un aguacero. Ella vivía en otro tiempo y decía como rezando:

-Ya no soy un mar de lágrimas que se vuelve cera, yeso, pero soy una novicia que no baja los brazos ante el hueco de la mente. Una mujer que va en busca de los atajos, con la muerte que apuñala su espalda en la nada inmensa de los campos donde no hay semillas.

Las oraciones se escuchaban suavemente desde los cuartos cuando se precipitaban los pensamientos noctámbulos.

A la mañana siguiente, en la puerta de la habitación de Letizia, había una veintena de abuelos, mendigos y marginados que esperaban el sermón del día. Ella con su vestimenta acostumbrada y una vela en la mano derecha les mostró una imagen de Jesucristo.

-De los dos rayos uno significa la sangre que es la vida de las almas, el otro el agua que justifica a los espíritus. Ambos son la luz de las entrañas…

Letizia estaba predicando; trataba de reunir armas y de domesticar fieras. Se sentía enérgica sin saber quién era y débil para salir a la calle a buscar su verdadera identidad.

A Socorro empezó a darle lástima al verla tan sola por dentro como por fuera. De todas maneras, vendrían a buscarla porque había encontrado a su familia aunque ella no lo supiera del todo. Los inquilinos, al fin, comprendieron la dimensión de su dolor y tocados por un milagro de bondad se acercaron a ella y le ofrecieron torta de nuez y un refresco, le calzaron las zapatillas de lana y le cepillaron el pelo anudado por la falta de limpieza.

-Paloma mía, eres santa.-decía.-Mi madre tiene una sola hija.

-¿Quién es ella?-le preguntó Socorro.

-Manuela.-respondió Letizia.

-Vete con ella entonces…

-Si yo me voy a mi castillo, tú te vienes conmigo Lucía.-le dijo a la pensionista cuyos ojos se salieron de sus órbitas y nuevamente sintió deseos de estrujarle el cuello como una gallina.

-Déjala, mujer, porque hasta es capaz de confundirla con el gato Lucas.

-¡Basta!-gritó Letizia.-El brasero y el cirio están prendidos. Oren por las almas de Encarnación, de Rocío, de mis amados abuelos, de José… ¡Pecadores! ¡Quiero luchar por la justicia pero ustedes no me dejan. Los juicios están por llegar pero todavía la soberbia les gana la batalla. Estará oscuro por varios días. Ustedes hablan mucho pero dicen poco!

La noche como una fosa iba hundiendo su voz en la neblina cuando la soledad le mostraba su máscara. Nadie la escuchaba porque todos habían huido a ocultarse en sus cuartos mientras Socorro se dirigía hacia el zaguán para hablar por teléfono.

-Hola Manolo, necesito que vengan a buscar a esta mujer porque de lo contrario soy capaz de cualquier cosa. Usted no me conoce, mi paciencia tiene un límite.

-Bien, señora, mañana mismo estaré allí, no se preocupe.

-Que quede claro entonces…

-Sí, sí.

Manolo tenía miedo de traer a Letizia a la casa por los riesgos que corría ella y su familia, pero ya no existía nadie que pudiera hacer ese trabajo porque Manuela era muy anciana. Seguramente, Letizia lo llenaría de maldiciones y lo culparía de los pecados más espantosos pero no debía escucharla. ¡Qué difícil se le hacía poder entenderse con una persona que no sabía lo que decía! ¿Era una cruz que debía arrastrar por el resto de su vida por haber sido un hombre frívolo?

Al otro día, Socorro aguardaba la llegada de los familiares en un estado de ansiedad: le dolía el pecho y los músculos, de la cabeza a los pies, se sentía fatigada y sin voluntad. Ya no daba más y culpaba a Letizia de todos sus males.

Sobre un edredón despeluchado, Letizia oraba sin sospechar que vendrían a buscarla. La habitación estaba llena de harapos, bultos de revistas, estampas de santos esparcidos. Tenía alrededor de diez fotografías que no podía identificar y dibujos que parecían jeroglíficos. Uno de ellos era un automóvil.

Al rato, bajo el influjo del miedo, apareció Manolo; detrás de él, como oculta por su sombra, Manuela y los hijos de Letizia venían con sus íntimas ilusiones a ver a esa mujer humillada por los pronósticos y aferrada todavía a una vida sin gobierno.

Socorro y los vecinos los miraban en silencio con sus deplorables ideas y con la falsedad que afloraba en sus labios.

-Letizia, hija, sal del cuarto.

Ella se asomó con el gato en los brazos y sus hijas tuvieron que cubrirse el rostro con las manos; se la veía esquelética, disfrazada, anciana y dispersa, como si se tratara de otra persona.

-Madre.-le dijo a Manuela que temblaba y no podía mantenerse de pie.-¿Quiénes son esos bellos jóvenes?

Manuela, sin poder hablar, vio sus ojos muertos y olvidó sus sueños. No se cansaba de mirarla; anticipaba el retiro hacia la casona y esperaba otra vez el final.

-Vamos, inútil, ya es tarde.-le dijo a Manolo que no podía acercarse a Letizia porque le tenía miedo.

-Es que, señora, por qué no va usted.

-Eres… eres… tienes fiebre en ese cerebro mantecoso. Ven, hija, con tu madre. Iremos a una casa linda llena de gatos.

Letizia comenzó a gritar con toda la fuerza de su voz. Trataba de resistirse a los empujones que le daban Socorro y los vecinos para poder arrancarla de ese sitio. No sentían nada ante el llanto, las súplicas y los gemidos desgarradores que estremecían los muros; ella parecía una carcelaria que iba al suplicio.

Una herrumbrada puerta definía el perímetro de la residencia. El portón de rejas desteñidas estaba cerrado. El chirrido de los hierros mostraba cierto clima de abandono. Las hijas de Letizia estaban abatidas, tanta era la impresión de verla que miraban para otro lado como quien trata de no pasar delante de los espejos para no contemplar su ruina. Ella con el sombrero caído observaba los movimientos de cada uno pues se consideraba un cadáver al que estaban velando: demasiado llanto y flores, todos vestidos de luto.

-¿Y los gatos?- preguntó pero nadie respondió.

Letizia se aferró a Manuela porque ese lugar le daba terror; pensaba que allí vivía la desgracia y las almas inocentes acumuladas en el living con sus respectivos retratos.

-¿No extrañabas tu casa?

-¿Qué casa?

Nadie podía reanudar un diálogo porque Letizia se hallaba a mil kilómetros de distancia, en las alturas, entre encajes de Venecia, con su hija Lucía y los libros de aventuras, con José quemándole la cabeza con sus reproches.

De pronto, se dio vuelta y le dijo a Manolo:

-Vete, desvelado, devuélveme a Antonio. ¡No existes!

Él, totalmente aturdido y a la vez feliz por tener que dejar esa responsabilidad en manos de otro, se fue sin decir una palabra, mientras Manuela, con su bastón, lo perseguía a los gritos:

-Ven acá, hombre, ten fe, te necesito…

-No, señora, no puedo ayudarla. Siento el cuerpo viejo, sabe. Creo que ya no debo mirarla. Es como si la resignación me diera un plazo de vida. Hasta acá llegué… Dígale a Damián que la ayude, él ya es grande o a Alejandro Roca.

-Deja de vengarte de una pobre anciana, no sabes que tengo miedo y que mis ungüentos no me sirven. No dejes de quererla porque se da cuenta.

-No me importa.-dijo Manolo y se alejó rápidamente como si estuviera huyendo de temibles jaguares, pumas, quirquinchos y serpientes. No quería que nada lo atara a las grietas de esas paredes de ladrillos roídos. Le dolió ese bienestar porque lo sintió en la carne de los otros, de las hijas que tenían que quedarse a su lado. Tan jóvenes con un pasado y un presente desmembrado.

Manuela abstraída por la fuerza del amor de madre, pensaba que valía más la contemplación de una enfermedad que no verla más; no podía dejar de ceder frente a su propio egoísmo pero guardaba recuerdos para cuando ella se fuera definitivamente.

-El alma se aleja de nosotros. Estamos perdidos en su niebla.

Los sentidos de Letizia escapaban como caballos asustados porque nada le era familiar.

Manuela sonrió con los ojos húmedos y emitió un suspiro. Se quedó sentada frente a su hija; sentía, al tocar su cara, el frío de la noche. Ese mismo hielo de la piel de Lucía.

-Y los árboles, el cañaveral, los anzuelos, los remos…-dijo Letizia, tal vez, recordando a Encarnación.

-Está más cerca de los muertos que de los vivos.-comentó Damián.

-Calla que escucha. No la contradigas que cuando habla es mejor que cuando se mantiene en silencio.

-No soporto, abuela, este sometimiento.

-Pues vete y déjame sola como siempre lo he estado. Para qué se hacen los dolientes si casi no la conocen.

-Madre, deja de gritar y llama a mi padre. Mi viejo amor, él sí sabe cómo tiene que tratarme ahora que he regresado. ¡Papá… ven a abrazarme, por favor!

Manuela sintió que empezaba a lidiar con un nuevo problema. ¿Cómo haría para decirle que Julián había muerto? ¿Sería mejor ocultar la verdad y mentirle?

-¡Vamos, papá, papá!-llamaba Letizia a su cómplice y amigo de tantas aventuras, el ser que la amaba más que a su vida.

-Niña,-dijo Manuela entre sollozos-tu padre ha salido.

Letizia pareció no escuchar porque ya había olvidado la pregunta. Era lógico que experimentara esa conducta ambigua; estaba enferma y sin tratamiento alguno. Si nadie se hacía cargo de ella, nunca se recuperaría porque no se daba cuenta de su mal.

Dolores y Laura, ya grandes y con un recuerdo borroso de su imagen, se acercaron despacio y con cautela.

-¿Quiénes son estas jóvenes?. Ya sé no me digan nada, son las hijas de José. ¡Ingrato! José, campesino embrutecido, no sabía valorar a una mujer. ¿Las ha amado? Seguro que no porque era egoísta e indiferente y se movía entre la maleza como iguana rastrera.

-¡Basta!-dijo Dolores y salió corriendo a refugiarse en su habitación. No podían vivir con una persona en esas condiciones. La soledad que siempre sintieron desde chicas las colocaba en un lugar de abatimiento.

Manuela, tan niña y vacía como ellas, sentía el amor de una madre que no renunciaba y que tampoco tomaba represalias hacia el último ser que le quedaba en ese camino sinuoso que se tornaba, por la pesadez de los años, en un sendero recto y corto.

Una palabra era suficiente para que Manuela callara aunque Letizia la mirara con una expresión curiosa y fastidiada. Se notaba que no quería quedarse a vivir en la residencia porque desconocía el lugar.

-Escucho ladridos. ¿Hay un mastín en el patio trasero?

-No hay animales.

-Ah… ¿qué pasó con la gata Máxima?

-Murió de vieja.

-Como Rocío, Encarnación y Lucía que se fueron a cumplir años a otro sitio, ¿verdad? o han regresado. ¡No las ocultes que las quiero ver!

-No están pero no pienses en eso ahora. Ven con tu madre que es la única que te dará consuelo y será tu guía.

-¡No necesito lazarillos! Soy una religiosa que tiene su camino trazado desde que ha nacido, una alumna que sigue los pasos de su maestro y asume las ideologías.

-Hija, recapacita por el amor de Dios.

-Quiero tu juramento. Busca a mi padre y dile que lo amo. Necesito su caridad y protección porque él sí me quiere. Me ha ayudado siempre a superar los miedos; tú te ibas a tu techumbre de paja y arañas a rezarle a los murciélagos mientras yo lloraba por los rincones.- dijo Letizia amenazando a Manuela que comenzó a tenerle miedo cuando vio su mirada encendida por una furia irracional.

De repente, se levantó y la empujó entre las sillas del comedor; tomó su bastón comenzó a romper los objetos, uno a uno, la cristalería, a las plantas las arrancó de raíz, se golpeó la cabeza con el marco de la puerta y finalmente se desmayó. Llegaron, asustadas por los gritos, Dolores y Laura que ayudaron a Manuela a incorporarse del piso donde se encontraba sepultada por bandejas, trozos de platos, tazas y velas. Entre las tres llevaron a Letizia al cuarto y llamaron a un médico.

Ella estaba ilesa recostada en la cama con el edredón de terciopelo rojo, sólo que no se veía igual a la joven de antaño. Parecía reclamar otro tipo de atención, algo diferente que evidenciaba alguna anormalidad; el impacto de verla resultaba escalofriante ante la presencia de las hijas y de Manuela que, aunque la conocía mucho, no dejaba de sorprenderse ante los estragos de la enfermedad mental.

No existía un horizonte de expectativas para esa mujer, arrastrada por la inseguridad de la memoria, que se adhería a los muros de un presente que no le decía nada y del que quería escapar porque no lo entendía.

-No es mi madre-dijo Laura que casi no la recordaba; trataba de disculparse porque no sentía nada por ella, menos después de oír cómo Letizia despreciaba a su padre a quien amaban más allá de los vicios y de los defectos.

XX

Manuela nunca se cuestionó el origen de las cosas porque ese interrogante estaba resuelto: Dios era el artífice de todo, aunque todavía podía investigar para tratar de aliviar el deseo de escuchar de alguien una explicación.

Con su manta ceremonial en ese habitáculo antiguo, ella ofrendaba lo que más amaba. Había escuchado los ecos de la Madre Tierra o Pachamama, una de las deidades femeninas más importantes del mundo andino. Por medio de los rituales y de las dádivas cada persona, desde su creencia, entregaba su devoción, pedía por el bienestar, por la salud y la prosperidad de los seres queridos.

Manuela trataba de recoger aquello que sumara una esperanza para llegar a la sanación de Letizia. Poseía los secretos que encerraban las plantas y los efectos de su curación como simbolismo para la eficacia del rito. Colocaba fotos de su hija rodeadas de velones negros que se apagaban a medida de que los siguientes se iban encendiendo con el aroma a laurel, a enebro y a un fruto, traído de América, que ella llamaba berberys, muy pequeño y de color violeta oscuro. Manuela sabía que estaba postergando algo que aún no conocía en su totalidad pero que era inevitable como sus presentimientos. De nada le valían las demoras; tal vez debía dejar en libertad a Letizia para que llegara, por sí misma, a algún lugar, a su propio infierno o a su propio cielo pero sin lidiar más con la vida. El peligro potencial estaba latente desde tiempos pretéritos; sabía que no podía corregir la rebeldía de Letizia ni su neurótica manera de huir ni volver atrás el pasado para revertirlo. La comunicación se hallaba empobrecida porque las habilidades lingüísticas de su hija que, deterioradas por la demencia, producían malestar y dolor.

A la mañana siguiente, Letizia se incorporó de esa cama de infante y se dio cuenta de que no se hallaba en la pensión porque no escuchaba los gritos de Socorro ni los susurros de los inquilinos. Igualmente sintió cierta presión en el entorno que la paralizó, como si muchos ojos estuvieran detrás de las paredes en un juicio villano sobre sus movimientos. Aborrecía ese lugar y hacía un esfuerzo titánico para mantenerse quieta porque la desbordaba la ansiedad de irse de allí en busca de la nada, del principio o de lo inevitable. No lo sabía. Su inestabilidad se contraponía a la rigidez de su cuerpo que se potenciaba con pequeños giros. Esa casa la amarraba a un pasado que no quería recordar porque ya era tarde para regresar al comienzo; no podía tampoco volver al presente.

Desde la cocina venía un olor a morrón rojo y a pimentón; seguramente, Manuela estaría preparando sus platos para la felicidad de su familia junto a las estampas bañadas en lágrimas. Entre las cortinas orientales vio a Manolo que había regresado a buscar a Antonio.

-¡Dónde la tiene!

-En el cuarto, pero no la molestes porque cuando le hablas la irritas como a mí. No puedes hacerte cargo de las responsabilidades entonces… anda.

-Vete, vete-dijo Letizia con suavidad con la pasión encendida por la ira que la ayudaba a recuperar la poca energía que le quedaba.-No eres una persona que tiene derechos, deja a ese niño que no es hijo de nadie.

Agazapada tras la puerta murmuraba palabras indescifrables con la intención de desahogarse o con el placer que le otorgaba el insulto sin saber que a Manolo lo había odiado toda la vida. Sin embargo, era él quien preguntaba por ella para tratar de aflojar la presión de una responsabilidad que le pesaba por ser todavía el esposo de Letizia. La veía tan sola cuidada por una madre que, muy a su pesar, le partía el corazón.

Manuela no lo quería pero lo necesitaba; veía en él a una persona frívola que en lo profundo del alma ocultaba desechos: su amor impronunciable, su necedad, la indiferencia hacia aquello que le demandara un trabajo humanitario.

-Tienes que conocer el lado oscuro de la existencia para crecer y para saber que no hay felicidad ni aun en los atajos. No para mí.-dijo Manuela con un pañuelo sobre la cara; trataba de secar las lágrimas que le brotaban solas por el dolor del pecho.

-Mujer, deje de atormentarse y trate de refugiarse en Dios que siempre la ha acompañado.

-¡Qué sabes tú de eso!. Lo has ofendido millones de veces con tus improperios.

-Yo soy católico, Manuela.

-Pues no lo pareces porque escapas de la Iglesia y de los Santos Oficios. No confías en la oración de los sacerdotes ni en las imágenes. ¿De qué hablas?

-Sé que hay un Dios, nada más, creo…

-Tú estás loco pero discutes conmigo, tienes personalidad y eso me hace sentir segura. A tu lado pareciera que los peligros se atenúan, eres un hombre muy protector. No existen ya seres como Julián, sólo tú te pareces… un poco.

-A mí no me sirve.

-Pues valórate. Aunque eres un mentecato, sabes ocupar el lugar que te corresponde y no escapas aunque quisieras. Yo lo sé.

-Letizia es la madre de Antonio y yo debo cuidar sus espaldas hasta las últimas consecuencias, aunque usted debería darse cuenta de que ella no tiene mucha vida.

-Ya cometes una más de tus torpezas. No tienes mesura, eres un inepto que apedrearía ya mismo. Vete porque si continúas aquí un minuto más terminarás matándome.

Esa relación amor odio era impredecible porque ambos se insultaban y luego necesitaban reunirse para aliviar todos y cada uno de los males.

Llegó la noche que ocultó en la oscuridad de los valles algún castillo moro con mayólicas, azulejos y vitrales.

El parque de la casona de Manuela tenía senderos ocultos, descansos y glorietas. Por esos lugares se deslizó Letizia, a las dos de la madrugada, con el ropaje de murciélago y su andar incierto y atormentado. Llevaba el sombrero de fieltro, la valija y un par de guantes apolillados; caminaba insegura y miraba su sombra porque le temía. El lugar era igual a una caverna mapuche, llovía por las grietas entre las ramas y la luna, por tramos, iluminaba su paso.

Había lágrimas en sus ojos y en sus labios el nombre de su hija Lucía. No sabía quién era. Su destino: la última morada, aquella que tanto deseaba pero que no podía identificar porque sus pensamientos se dispersaban y su piel, consumida por larvas, la reducía a cenizas. No existían las terapias, las medicinas, la conexión cuerpo mente, sólo los pozos, la ceguera, el amor y la apatía.

Los grises dibujaban figuras que se movilizaban cual títeres y se enfrentaban a Letizia. Hubiera querido permanecer guardada en un cofre de roble sin espacio y con toda la lasitud de los años, pero estaba allí en la lucha por sobrevivir.

Manuela la veía reunida con sus hijos en un futuro dichoso sin recordar la tragedia como si ese pasado perteneciera a otra persona, pero era demasiado ilusa porque la desgracia suele ensañarse con quienes menos lo esperan y es recibida, una vez más, como si no pasara nada.

Por las calles, el andar silencioso de Letizia se parecía al vuelo de las aves que, en la inmensidad, sabían dónde iban; sin embargo, ella no tenía brújula y sus pies la engañaban tropezando con lo que encontraban a su paso.

-Padre, perdóname por haberte defraudado. Tú me estás esperando, lo sé, por eso voy por ti.

Parecía un espectro semidesnudo que, a orillas de la eternidad, aleteaba igual que un pájaro atrapado en una ciénaga.

Anduvo por espacios desiertos sin saber dónde iba, con la mente árida y el corazón lento. La vida la había derrotado y ella, aun vencida, todavía tenía sangre en las venas para continuar por esa ruta que, seguramente, la llevaría a su último lecho.

En la casona nadie sabía que Letizia se había marchado porque no se habían despertado.

Manuela permanecía en la cama con el rosario en las manos y la cómoda repleta de velas encendidas junto al retrato de su hija. Miraba la fotografía que parecía hablarle:

-Yo voy a rezar por ti, madre, no te preocupes, después iré a misa de seis de la tarde y me recluiré en mi habitación para ayunar.

Esa obediencia de Letizia la lastimaba porque habían pasado muchos años. Había sido demasiado severa con ella que era una joven que debería haber vivido su adolescencia libre de privaciones, con alegría y sin miedo. Manuela le había transmitido sus fobias y había destruido la belleza de una época irrepetible. Se lamentaba. En lo más profundo de su corazón deseaba volver atrás para no cometer errores y revertir de a poco las secuencias. Era tarde para pedir perdón por sus egoísmos porque su hija no sabía lo que era renunciar a las creencias, olvidarse de los reclamos sociales, ser mártir y sierva de una madre frustrada y niña. Letizia ya no pertenecía al mundo.

Manuela se levantó como pudo de ese lecho que le trituraba los huesos; tomó agua de un vaso que tenía en la mesa de luz y se fue hacia la cocina. Arrastraba los pies como paciente hemipléjico. Las hijas de Letizia se habían ido al colegio, en una jornada más, sin importarle la presencia de su madre en la casa. Es que no la conocían porque el paso de los años había remarcado la ausencia, los segundos incontables, la soledad de adentro. Ni Julián ni los nietos podían compensar la desnudez del alma, ese hueco que se lleva siempre como un secreto indisoluble.

Manuela, después de colocar los tulipanes en el retrato de Rocío, se fue a despertar a Letizia.

-Hija, es un bello día.

Nadie respondió al llamado que parecía venir desde el fondo de los murallones.

-Iremos de compras con Antonio sin el majadero de Manolo, traeremos ropa nueva de colores brillantes. ¡No!-gritó Manuela al darse cuenta de que Letizia se había marchado dejando la cama revuelta y el cuarto en penumbras.

La anciana cayó al piso de rodillas con los ojos extraviados y el corazón a punto de dejar de latir porque la atrapaba el temor a la desprotección total.

-¡Otra vez no!-gritó con todas las fuerzas y la impotencia de sentir que era imposible contrariar al destino.

Permaneció dos horas en la piso; jadeaba como una moribunda.

-¡Abuela!

Damián no podía encontrarla; tampoco quería ir al cuarto de Letizia porque le causaba estupor entrar en ese anticuario con olor a naftalina y a flores marchitas. Manuela se arrastró hacia la puerta de la sala y se asomó buscando ser rescatada.

-Damián trae el jarabe de olivo que me muero.

XXI

Sonó el teléfono.

-¡Por favor vengan a buscar a la loca que se volvió a escapar!

-¡No puede ser!

Manolo salió corriendo de su casa rumbo a la pensión de Socorro pues Letizia había regresado y nadie entendía cómo, con sus facultades mentales alteradas, había llegado al lugar. Estaba tentando al diablo cada vez que miraba a esa mujer corpulenta y de extraño carácter. Parecía que hubiera adivinado su vida compleja, los misterios y pecados que Socorro ocultaba desde hacía muchos años.

Letizia no se movía y la dueña de la pensión tampoco; ambas estaban a punto de emplear la fuerza y de luchar por una causa sin dejar ni ganadores ni víctimas. Con sus venganzas absurdas, tenían la obsesión de odiar la vida que las había enlutado como soldados de conflictos bélicos. Sin embargo, Letizia quería ocultarse en su pieza para que no la encontraran los verdugos. Corrió al cuarto y cerró la puerta; ahí se revelaban sus más íntimas imágenes aunque el espejo no le decía nada. Nadie podía juzgarla por sus pesadillas porque estaba empapada con sangre desde que nació. Aquella tarde lluviosa de verano contrastaba con el aire viciado del presente y ensombrecía el recuerdo de una niña en una canastilla de mimbre con ruedas de madera, el ajuar de la abuela Francisca, el amor de su padre, los celos de Rocío y sus piernas atrapadas por los grillos de la gata Máxima. No quedaba nada de aquella felicidad.

El mundo a sus pies era como un cántaro vacío que no le confiaba los planes a seguir. Ella, abrazada a esa existencia que le había tocado en suerte, no se daba por vencida. Quería combatir pero no sabía con quién; necesitaba el apoyo de Julián para fortalecerse y poder así enfrentar a los últimos guerreros, aquellos que tenían escrito en un papiro el origen y el fin de sus pasos.

Sacó del arcón de Socorro un vestido que había dejado olvidado y que le había regalado su padre. Era blanco de seda con encaje chantilly en las mangas ajustadas. Jamás pensó que volvería a usarlo porque desde que supo la noticia de la enfermedad de Lucía se vestía totalmente de negro, pero ahora era diferente porque iba a encontrarse con su padre. Ese acontecimiento merecía un cambio y para ello estaba preparada; por una increíble razón se sentía liberada aunque nadie lo aceptara. ¿Letizia habría recuperado la cordura?

A la pensión llegó Manolo con su hijo Antonio y fue interceptado por Socorro que no titubeó en culparlo por su negligencia.

-Disculpe pero en el momento que ella se escapó no se hallaba a mi cargo-dijo resignado y con la apatía propia de quien ya no tiene más energía para enfrentar los hechos reiterados.

-¡Llévesela!

-Lo haré, no se preocupe, yo soy el único responsable y la cuidaré hasta que Dios diga…

Letizia se estaba preparando para salir al encuentro de Julián. Necesitaba abrazarlo y pedirle asilo; él había sido siempre su protector, su espalda, y ahora más que nunca deseaba hablar con su padre. Tenía ilusión, un amor desmedido, algo así como una obsesión que no podía ser desbaratada bajo ningún argumento. Ya nada resultaba válido porque los lazos de sangre la empujaban hacia la verdad, la única, la irreversible.

-¡Letizia!-gritó Manolo detrás de la parra.-Sal, mujer, de una vez por todas que nos vamos para la casa. Será de Dios, es que no me escuchas…

-Bueno, hombre, no la trate así-dijo la dueña de la pensión cansada de tanto renegar y aturdida por la voz de Manolo.

Letizia parecía sorda; de la habitación no se había movido y seguía arreglándose con el entusiasmo de una adolescente. El cambio era sorprendente, parecía otra persona más joven y más bella.

-Papá yo sé que me estás esperando porque tenemos mucho que decirnos. Perdona te he abandonado. He sido egoísta contigo pero tú sabes lo que he sufrido.-repetía como si estuviera estudiando para dar examen.

-¡Letizia!-gritaba Manolo fuera de sí pues había perdido la paciencia.

Por el pasillo de la pensión, apabullada de curiosos, llegaron Manuela, Dolores, Laura y Damián. No entendían nada. Mientras todos permanecían expectantes ante la resolución del caso, Letizia ni siquiera sospechaba lo que estaba ocurriendo a sus espaldas. El caos era propio de cierto desajuste y de falta de autoridad. A Socorro no le importaba el desorden, sólo quería librarse de la presencia de esas gentes a quienes consideraba insanos. Ella no era un buen ejemplo pero ya no permitía en su casa un momento más de aturdimiento porque el ambiente se enrarecía a cada minuto y parecía no tener fin. Letizia, sin escuchar los gritos y sin conocer la existencia de su familia en el patio, salió despacio y con miedo. Todos, al verla avanzar como suspendida en el aire, creyeron que era una aparición y dieron un paso atrás. Ella sin mirarlos, completamente abstraída, se dirigió a Manuela quien cerró los ojos y cruzó las manos sobre el pecho.

-Tú que dices ser mi madre, llévame con papá porque necesito pedirle perdón.

-No-dijo Manuela llorando.

-Eres mala.

-Hija, no sé cómo decirte… tú no puedes…

Manuela, a punto de trastabillar, no quería que supiera que Julián había muerto. Con Manolo habían decidido que jamás se lo dirían por temor a una reacción, aunque no sabían bien si ella llegaría a entender y a aceptar la partida de un padre a quien consideró siempre su dueño, el ser que más la amaba, el que daba la vida por ella.

Letizia, convertida en una novia frustrada, como lo fue siempre, con ese vestido blanco, reflejaba la confusión y la debilidad. Atrás había quedado su presente manipulado por otros con ideas retorcidas; ella sólo quería hablar con Julián y los demás la miraban con estupor.

-Vamos… vamos… despejen el lugar.-decía Socorro.- Tengo que seguir con la limpieza porque hoy es sábado. Es que no se dan cuenta que molestan a los inquilinos. Vaya, gente mezquina y sin sentido común.

-Deje que "La Nueva" se despida, no ve que se va y ya no va a volver. Mejor que se lleve el gato. ¿No? Usted que dice...-respondió la vecina a espaldas.

Letizia seguía parada frente a Manuela en actitud suplicante. Su madre, completamente estática, no se atrevía a emitir palabras por temor a una reacción que al ser enfermiza culminaría de mala manera.

-Tú, hereje, dime: ¿Papá dónde está?

-Letizia, ven vamos a casa.-dijo Manolo mientras la sostenía del brazo y la llevaba hacia la puerta.

-¡Por fin!-gritaba Socorro eufórica.

-"La Nueva" era buena. ¿No le parece?

-Cállese que se puede arrepentir.

-Es que parecía tan dulce con ese gato en brazos.

-¡Basta!

Manolo sostenía el cuerpo esquelético con desconfianza porque no sabía cómo hacer para expresarle su sentimiento, aunque se hallaba confundido. Letizia, muy vulnerable, lo miraba fijo tratando de roer sus pupilas transparentes.

-Hija, vamos al auto.

-Déjame. ¿Dónde está papá? Me mienten.

-Mira, no te lo hemos dicho para protegerte. Has sufrido mucho y tienes derecho a un minuto de paz pero creo que ya ha llegado el momento porque la situación es insostenible. ¿No le parece, Manuela?

-¡Basta, infeliz!

-No me trate mal, usted sabe que no se puede seguir ocultando la verdad.

-Letizia, hija mía, te amo. Tu padre ha muerto.-dijo Manuela llorando a los gritos.

-Cálmese que le va a hacer mal.

Letizia la miraba absorta con el rostro transfigurado y con un gesto de desprecio, enajenada y fuera de sí.

-¡No!-dijo sosteniéndose la cabeza con las manos, luego se llevó por delante a Manuela, la arrastró del pelo y la dejó tendida en el piso.

Dolores y Laura la ayudaron a levantarse porque estaba casi desmayada y Damián corrió hacia el auto en dirección a Letizia que se disponía a utilizarlo con la finalidad de escapar de ellos.

-¡No me sigan!-gritaba.

Siempre se sabe dónde empieza una historia pero no cuando termina; en este momento, el punto final lo daría Letizia porque ya estaban jugadas todas las cartas. Nada se podía hacer.

El castigo del cielo era como una bendición que la llevaba de la mano a abrir la última puerta, sin llaves.

Letizia se subió al automóvil y arrancó a toda velocidad con rumbo desconocido. De manera fatídica, los gestos no concordaban con el cuerpo ni con la expresión de los ojos. No conocía a nadie.

Manuela, en el revuelo de sus ideas infantiles, con los miedos a cuestas de toda una vida consagrada a los altares, lloraba abrazada a Manolo mientras Damián había salido detrás de Letizia en un taxi.

-¡Pobre, hija, no pudo soportarlo!

-Señora, no se mortifique; recuerde que ella no está en su sano juicio, no sabe quién es y adónde va.

-Ya muérdete la lengua-dijo Manuela suavemente sin deseos de pelear con ese hombre que había odiado tanto y que sin querer se había convertido en su sostén.

-Abuela, vamos que Damián la va a encontrar.

En el umbral de la pensión, Socorro daba las gracias a Dios mirando las cumbres con el desparpajo de una española insolente, sin humanidad y con la frialdad de quien no tolera el sufrimiento ajeno. Era demasiado para su paciencia tener que combatir con gente con patologías a esa altura de su vida. Le daban asma bronquial y cardíaca esas criaturas endebles y desecadas; se había librado de Letizia y eso merecía un brindis con vino Tokaji. Llamó a los inquilinos y a su amiga Eulalia.

-No deberíamos hacer esto, es una pobre mujer.

-Estamos felices de que se haya ido a respirar otros aires. ¿No les parece?

-Sí pero puede regresar con el cuero avellanado.

-¡Qué cosas dices!

-No se fíe, Socorro, que ese espectro tiene más astucia que usted y si se descuida la deja seca.-dijo Eulalia con las ansias de clavar un aguijón en la tranquilidad de la pensionista.

XXII

La intensidad del momento la inducía, con vehemencia, hacia un lugar no imaginado. Letizia quería hablar con su padre.

-¡Papá!-gritaba mientras manejaba por la ruta con rumbo desconocido. Estaba representando el papel protagónico en una serie de absurdos desencuentros; acaso quería volver a la niñez para ocultar su cuerpo entre los brazos de Julián que la amaba tanto.

Era delirante y rabiosa su manera de conducir el vehículo que se hallaba librado al azar.

Damián, en un taxi, seguía el recorrido a cierta distancia sin perderla de vista pues pensaba que en algún momento se iba a detener para regresar; el desparpajo de Letizia la impulsaba a cometer cualquier delito porque estaba fuera de sí.

Julián era su tabla de salvación en esa vida infecunda que le tocó en suerte. ¿Cómo habían dejado que se muriera sin su ayuda? Estaba desesperada porque no podía creerlo. Su madre era una desquiciada que no la había buscado para tratar de hacer lo imposible por conservarle la vida.

-¡Loca, insana! Me las vas a pagar. Por tu culpa soy todavía una niña sin identidad, por tu culpa no puedo asumir las pérdidas. Te ahorcaré con mis propias manos cuando llegue a casa, pero no me reconocerás…

Así comenzó a arañar su rostro hasta hacerlo sangrar mientras manejaba a una velocidad tan riesgosa para ella como para los demás automóviles que transitaban por la ruta.

Barbastro se encontraba desierto por los calores. En la residencia, el hielo de la muerte trepaba las paredes para instalarse junto a la cama de Manuela.

Ese cuerpo anciano se aferraba a las sábanas en una lucha íntima. Sabía que los tiempos eran cortos y estaba agotada del mismo cansancio de los años. Manuela pensaba que le faltaban pocas horas de vida, entonces se aferraba a los recuerdos felices y casi inexistentes. Buscaba a Julián igual que Letizia para que la ayudara a resolver su último problema.

-Hija, tu padre sabe diferenciar la inocencia y la malicia, el odio y el amor, los errores y las virtudes… Espera, no cometas una barbaridad porque yo sé que, aunque te encuentras turbada por espíritus oscuros, llevas la sabiduría en la sangre.

Manuela tenía fiebre y deliraba. Nadie sabía cómo terminaría todo pero estaban hartos de sufrir. Podrían haber desaparecido en un arrebato para aliviar los males. Tenían ansias de matar o de morir, les daba lo mismo la cárcel o las entrañas de la tierra, la fauna mortuoria o los ratones de la prisión, el cielo o el infierno.

Dolores y Laura, abatidas hasta la médula, no coordinaban palabras y ya no sentían nada por aquellos que se habían ido ni por los que permanecían a su lado. El final estaba instalado en el alma de cada una como una premonición bíblica. No sabían para qué habían nacido. Manuela se debatía con el ardor de los cobertores y sus arrugas congeladas.

-Tu padre está cercano.-dijo.

Damián entró por el pasillo plagado de telarañas y se asomó con gesto taciturno a la sala vacía. Se sentó en el sofá arañado por la gata Máxima y lloró desconsoladamente. Los recuerdos se amontonaban en su memoria como soldados ciegos y torpes. Quiso recordar a su madre pero no pudo porque jamás había visto una fotografía de ella, lejos de protegerlo habían acentuado el dolor con aquella absurda idea de que no debía conocerla nunca. Su otra madre, quien lo crió, Letizia, era una sombra incorpórea que se desdibujaba y daba paso a una imagen inválida; sin embargo, él la amaba.

Manolo, quien acababa de llegar, lo miró desde el pasillo y creyó comprender el mensaje.

-¿Qué ha pasado?-preguntó.

Damián levantó la vista empañada por las angustias acumuladas en su corta vida, ahogado por las secuelas de cada una de las palabras dichas, de las malas noticias, de llantos intempestuosos en medio de oraciones y pedidos.

-La tía se mató en la ruta; el auto chocó con un árbol después de dar varios giros.

-¡No!

-Dicen…-continuó Damián.-que tuvo un paro cardíaco mientras manejaba.

-Yo sabía que tarde o temprano algo iba a ocurrirle porque no estaba bien. Demasiados sufrimientos no sólo enferman la mente sino también el cuerpo. Yo he tenido parte de culpa.

-No importa. Cuando alguien muere no sirve de nada todo lo que viene después. El dolor no tiene que prolongarse un día, ni siquiera un minuto más. No se puede pedir perdón ni culpar a otros, no tenemos que colocarnos tampoco en lugar de victimarios. Ella no volverá…

-Damián, Letizia estaba enferma desde que era niña. Sus padres la protegieron demasiado de los peligros que luego la acecharon con más furia. Fue tan frágil siempre que Manuela y Julián pensaban que iba a morir joven. Se automedicaba por problemas psicosomáticos, lloraba sin razón aparente y su rostro mostraba, por momentos, una pasiva violencia hacia el entorno; sin embargo, se mantenía casta y firme ante las convicciones de su madre a quien debía obedecer. Encarnación, en cambio, era rebelde, vital, y prometía ser una mujer única con proyectos a largo plazo.

-¿Tienes una fotografía?

-No, pero encontraremos alguna. Te lo prometo.

-Necesito verla, saber cómo eran sus ojos y su forma de sonreír.

-Era muy bella, imponía su presencia en cualquier lugar con su personalidad y elegancia. Ya buscaremos un retrato ahora tenemos que ocuparnos de los jóvenes, de Manuela y del funeral de Letizia.

Damián ante la ansiedad que le provocaba conocer a Encarnación se había olvidado de la nueva tragedia que enlutaba a la familia; es que él, como todos, vivían desde tiempos remotos en permanentes duelos.

-¡Yo lo sabía!-dijo Manuela envuelta en penumbras cuando le comunicaron la noticia. -Letizia quería encontrarse con su padre.

Manolo, aturdido, se encaminó hacia la calle porque debía ocuparse de los formalismos.

"Nada es tan exacto como saber que la vida es un continuo transcurrir de los días y que hay un lugar en el cosmos donde la paz anida sus amadas criaturas."

Todos sentían como si alguien hubiera apagado el fuego en medio de un hueco ahogado de cenizas y de huesos; mucho cansancio y aridez donde los objetos se desordenaban y los retratos eran sólo recuerdos.

La imagen de Encarnación, de veinte años, colgaba de la pared principal. Damián la observaba mientras recorría los contornos porque se veía real. Era la réplica que guardaba la memoria en resplandores furtivos que entretejían su historia de vida, tan rica y tan diferente a la de Letizia.

El atardecer lo sorprendía, muchas veces, con los álbumes del casamiento de sus padres en las manos porque no se cansaba de mirar a Encarnación. Había pasado demasiado tiempo solo, enfermo, sin el calor de aquella mujer irrepetible. La sentía viva más que nunca porque se había encontrado con ella por primera vez. Ya nadie se la quitaría…

Bajo las lámparas agitadas por la ventisca, en un paisaje que parecía de fin del mundo, todos ellos, los que quedaron deambulando en el centro de la nada, despidieron los restos mortales de Letizia. Eran espíritus que retornaban del ayer al incansable tañido del reloj.

A Letizia la recordaron en sus actos mínimos, tan solitarios como sus palabras: el amor a su padre, la obediencia, la entrega total, su indefensión, el llanto… más tarde la lucha por salvarle la vida a Lucía envuelta en sus hábitos de abad transgresor.

Sus hijas no sentían nada por ella porque casi no la conocieron pero parecían destruidas y sin futuro: jóvenes taciturnas, melancólicas al extremo, casi depresivas. No sabían cuál era la verdad pero entendían que debían comenzar de nuevo para intentar borrar el destino marcado.

Pasó el tiempo…

Manuela, con los miedos infantiles y las pérdidas más queridas, rodeada de tisanas, licores de sal, cremas batidas y filosofías egipcias, se fue, tratando de darle forma a la felicidad a través de la sabiduría, con ciento diez años cumplidos, hacia su última noche.

www.ingramcontent.com/pod-product-compliance
Lightning Source LLC
Chambersburg PA
CBHW020318160726
47992CB00004B/1600